RYU NOVELS

新生八八機動部隊

南シナ海の激闘

林 譲治

新生八八機動部隊／目次

中　国
上海
東シナ海
台湾
香港
高雄
海南島
タイ
仏印
ルソン島
南シナ海
マニラ
フィリピン
スービック湾
マニラ湾
マニラ
コレヒドール島
ミンダナオ島
パラオ
コタバル
マレー半島
シンガポール
ボルネオ島
蘭　印
ジャワ海
ジャワ島
100°
110°
120°
130°

プロローグ

昭和一九年、マリアナ諸島

「逆探に反応があります。感度二です」

電測員の報告に、水上機母艦春日の艦内は緊張に包まれた。ついに来るべきものが来たか。

「電波源はいくつだ？　単艦か、それとも部隊か」

電話からの反応には、やや間があった。

「周波数が異なるので単艦とは思えませんが、感度からすれば、二隻前後と思われます」

「二隻……戦隊規模か」

「おそらく」

「念のため確認するが、商船ということはないのだな」

「電波の一つは商戦用の電探でも使用されているものです。艦艇かもしれませんが、商船の可能性もあります。

ただ、もう一つは明らかに米海軍の艦艇でしか使われておりません」

「わかった。監視を続けてくれ」

受話器を置き、種村艦長は腕を組む。彼はまだ若い。平時の海軍なら少佐になったくらいだろう。

しかし戦時のいま、彼は大佐であった。戦争の現実は兵器の消耗だけでなく、人材の消耗もまた、予想以上に激しい。

陸海軍は部隊規模を拡大したが、それは大量の指揮官を必要とした。そのための対応策は二つ。

一つは、階級に対する職域の拡大。もう一つは、昇進の前倒しだった。

前者は拡大と消耗の激しい航空隊で顕著だった。かつては大佐の職であった航空隊司令も、いまは状況次第では中佐の職となっていた。

後者はどこの軍隊に限らず、海軍全体で見られた。海兵出身者の昇進は平時より加速度的に早まっている。種村艦長にしても、まだ三〇そこそこだ。

だが、若かろうがなんだろうが、海兵を出て大佐になったら大佐の仕事と成果が期待される。

平時ならその技量ありと認められた者が、その職に就く。だが戦時では、職に就かされた人間は相応の技量を発揮することを要求されるのだ。それが戦争だ。

種村艦長は、いまその状況に置かれていた。もともと危険な任務であった。来航するであろう敵艦隊を捕捉し、敵情を監視するのがその役目。

つまり、敵艦隊にもっとも近い場所にいることを要求される。生還の可能性は非常に低い。

唯一の慰めは、自分は日本海海戦の信濃丸のように歴史に名を残し、末代までも語られるだろうという期待だ。

来航する敵艦隊といったが、それは来航させた敵艦隊でもあった。

連合艦隊と陸軍第一八軍は、絶対国防圏ぎりぎりの線で縦深《じゅうしん》の深い防衛線を構築し、敵戦力に大打撃を与える計画だった。だから決戦のためには、敵に出てきてもらわねばならない。

敵が長距離を移動すればするだけ、防衛する側には有利になる。ただ必要以上に本土に接近させるわけにもいかない。マリアナ諸島は、その妥協点であった。

種村艦長は迷っていた。偵察機を出すかどうか。艦隊司令部が分析するような、戦艦八隻空母八隻の大艦隊が接近してくるのなら、偵察機は確実に未帰還機となるだろう。

つまり、偵察の命令は搭乗員への死刑宣告にも等しい。もちろん、誰もそんなことは口にしないが、状況はそれを物語る。

しかし、この艦隊はアイオワ級戦艦四隻とエセックス級空母八隻の艦隊であるらしい。ただアイオワ級は損傷艦が戦列に復帰せず二隻にとどまるとの情報がある。

空母についても、八隻のうち四隻は同様の理由から軽空母であるという観測もあった。

だから敵艦隊が現れただけでは、情報としては不十分だ。敵艦隊の陣容を把握しなければ、迎撃つ側の作戦も立てられない。

じつをいえば水上機母艦春日は、確かに水上機を八機搭載する五〇〇〇トンクラスの水上機母艦ではあるが、本来の役目で活動したことはあまりない。

基本的な設計は開戦前で、水上機母艦のほかに、輸送任務や無線通信の洋上基地的なことも期待された。つまり、艦隊決戦の中で漸減邀撃《ぜんげんようげき》作戦のための補助艦艇が、春日に期待された任務であった。

しかし、太平洋戦争は海軍が想定していたような戦争ではなかった。さらに航空戦力の発達が、水上機が偵察機として活躍する場を狭めていた。

敵艦隊を偵察し、そこに空母でもいようものなら、偵察機は確実に撃墜される。電探その他の存在が、水上機による偵察が可能な場面を確実に減らしていた。

だから水上機母艦春日の役割も、島嶼《とうしょ》への輸送任務や、敵の拠点に接近し、通信電波や電波探信儀の電波を傍受して分析する信号解析的な作業が中心となっていた。

じっさい二基あったはずのカタパルトは、無線アンテナの増強のために一基に減らされ、艦載機にしても、つい最近まで二機程度に減らされていた。

今回の作戦のために、水上偵察機は八機の定数に戻された。ただ八機のうち、零式水上偵察機は四機、残り四機は複葉機の九五式水上偵察機だ。

九五式水上偵察機が信頼性の高い傑作機なのは、種村艦長もわかっている。しかし、いまの戦争の標準では、第一線で使える機体ではない。

だが、索敵には八機すべてを投入する必要があり、だとすれば時代遅れでも九五式を出さねばならない。

いや、本音は違う。索敵だけなら八機もいらない。敵がどこにいるのか、その方位はわかっている。

八機飛ばすのは、半数が撃墜されても半数が帰還できるからだ。少なくとも、敵情を報告できるだけの時間を稼ぐことができる。だからである。

にもかかわらず、自分は部下たちに「生還を期待する」などと言うのだ。生還を望むのは嘘ではない。しかし、完全な本音でもない。

彼は恐れてもいる。何機かが生還することで、水上機母艦春日が発見される可能性を。

発見されれば、五〇〇〇トン程度の艦艇である。相手が空母八隻の艦隊ならば、簡単に撃沈されてしまうだろう。

「飛行長、全機出撃の準備をしてくれ」

否も応もない。自分たちは襲撃しないわけにはいかないのだ。ここで何もしなければ、自分たちの存在意義も失われる。

それにこうなることは、命令を受けた時から自分を含め、全員が覚悟していたことでもある。

よしんばこちらが索敵機を出さなかったとしても、敵がこちらを発見すれば同じことだ。むしろここは、こちらが先んじて敵を発見すべきではないか。

「頼んだぞ。日本の命運は、君らの双肩にかかっている！」

出撃前の搭乗員に、種村艦長はそう言って激励する。その言葉に嘘はない。正確な敵戦力がわかるかどうかで、この後の展開がまったく違ってくる。

「諸君らの生還を期待する！」

種村艦長はそう言って敬礼し、搭乗員たちを見送った。カタパルト発艦だけでは時間がかかるため、一部の機体はデリックで海面に降ろして発進する。

彼は「生還を期待する」と言いつつ、それは期待できないことを知っていた。それでもそんな言葉で見送る自分が、ひどく嫌な人間に思えた。

だが、ならば「お前たちの大半は生きて戻れないだろう」と言うのが誠実かといえばそれも違う。偽善と誹《そし》られようが、ここは建前を貫く、それが部下たちへの誠意ではないのか。よしんばそれが間違いだったとしても、種村艦長にはほかに言うべき言葉がわからない。

そうして八機の水偵は、単葉機も複葉機もそれぞれの方向に飛んで行く。敵情についての最新の情報は伝えてある。自分たちに可能なのは、そこまでだ。

「敵艦隊はアイオワ級戦艦四、サウスダコタ級二、メリーランド級二、空母八隻はいずれもエセックス級」

第一報が飛び込んで来たのは、出撃から三〇分後であった。意外にもその報告は、旧式の九五式水上偵察機からもたらされた。

「輪形陣は八、戦艦は護衛艦艇」

報告は現在位置だけでなく、より重要な敵の戦力についてだった。

アイオワ級四隻とは、把握されている限りすべてのアイオワ級だ。ほかの四隻にしてもすべて四〇センチ砲搭載艦である。速力もアイオワ級ほどではないにせよ、相応の水準にある。ただしこの点だけは、連合艦隊の戦艦八隻が有利だ。

そして、エセックス級空母八隻。考えられる限り最強の布陣だ。

空母戦力は連合艦隊も同じく八隻だが、瑞鶴・翔鶴のような大型正規空母から扶桑・山城のような改造装甲空母まで、強力ではあるが雑多な編成だ。

多様な空母の編成は、果たして吉と出るか、凶と出るか……。

九五式水偵の通信は断続的にだが、長く続いた。

ただ一回ごとの通信は短い。それにはいつ撃墜されても、最大限の情報が届くようにという彼らの意図がある。

輪形陣という表現もそうだ。八隻の空母にそれぞれの輪形陣がある。一つの輪形陣に八隻の護衛艦艇があるなら、それだけで六四隻の艦艇がある。

むろん八隻ではないだろうし、おそらくは輪形陣ごとに数は違う。だが重要なのはそれではない。敵艦隊の規模が伝わること。それこそが重要だ。

六四隻の護衛艦艇が七二隻だったとして、本質的に何が変わろうか？

それよりも、輪形陣の一角に戦艦があるという情報こそ重要だ。戦艦の対空火器は、まさに要塞だ。空母を仕留めるには、その要塞を迂回するか、あるいは破壊する必要がある。

だが、迂回しようにも隙がなく、空母に接近できないのが輪形陣でもある。そんなものが八つもあるという。

それに対してどう対応するのか？

種村艦長にもわからない。だが、自分たちの報告を受けた連合艦隊司令部には、それがわかっている人間がいる。いや、いてもらわねばならぬ。

水偵のうち、敵情を報告してきたのは四機であった。敵艦隊は広範囲に展開し、彼らはそれと接触できたためだ。

最後まで触接に成功しなかった一機は、無事に水上機母艦春日まで帰還した。報告をした四機のうち、帰還できたのは一機だけで、それも着水と同時に機体を捨てねばならなかった。

報告もせず、帰還もしなかった機体が二機あった。結果的に春日の艦載機は八機のうち、六機を失った。

なお戦後の資料によると、この時の米艦隊の報告では、一〇機の日本軍偵察機を撃墜したとの報告がなされたという。敵の真の姿を知ることは、日本にとってもアメリカにとっても容易ではなかったのである。

1章 戦艦扶桑の受難

1

昭和七年二月。一月より続く第一次上海事変は拡大の一途をたどっていた。

日本海軍も空母をはじめとする部隊を増援し、その中には戦艦扶桑の姿もあった。

「しかし、我々は何をしに来たんだ?」

扶桑艦長である大谷地大佐の、それが偽らざる気持ちである。まず戦艦扶桑は増援であるため、艦隊旗艦ではない。扶桑が所属する第三遣外艦隊旗艦は巡洋艦平戸である。

上海の特殊性と、それに伴う外交的な問題もあり、戦艦扶桑はすぐに帰還することになっていた。

状況によっては、砲術科の人間を中心に陸戦隊を編制し、上海に上陸することも考えられたが、陸戦隊は別途派遣されており、いまさら扶桑の活躍する余地はない。

では、どうして戦艦扶桑が派遣されたかといえば、戦艦まで展開しているという既成事実を作り出すためだ。

圧倒的な海軍力の誇示により、事態を日本に有利な形で終結させる。それが扶桑派遣の一番の理由だ。

なにしろ上海事変は、あくまでも事変であって戦争ではない。だから艦隊は政府の命令で動かすことができた。

当然、それは外交とも関連した動きであり、それゆえに海軍力のプレゼンスが大きな意味を持つ。プレゼンス云々という説明が、あまりしっくりこない大谷地艦長だが、存在の誇示以上のことはできないだろうというのは、理解できた。

それはそうだろう。駆逐艦ならまだしも、戦艦扶桑が主砲を上海に向けて本当に砲撃を行えば、都市としての上海は壊滅しないまでも大打撃を被るのは明らかだ。

陸上相手の砲撃なら正確にできるとしても、上海には列強の租界が複雑に入り組んでいる。事が外交という次元であれば、租界の窓ガラスが割れた程度でも国際問題にされかねない。

戦艦だからこそ、都市を破壊できる威力を持つのだが、まさに都市を破壊できる威力があるからこそ、現実には砲撃はできない。

外交官たちは、それでも十分仕事の腕を振るえるのかもしれない。しかし海軍軍人としては、艦内で訓練をするか、上海の近海を遊弋《ゆうよく》するか、その程度のことしかできないのが現実だ。

いるだけでいいです、というのは楽なようでいて、それはそれでストレスだ。せめて上陸できればいいが、不用意な上陸は中国側や列強を刺激するからと、これまた禁じられていた。

日貨排斥運動から始まった軍事衝突だけに、無闇に上陸させれば、乗員の安全が脅かされる恐れもあるし、それがきっかけで事態を複雑化させては、それこそ出動した意味がない。

さりとて乗員の護衛のために、扶桑の陸戦隊を編制して上陸させるのは問題外だ。丸腰でも武装しても、戦艦の乗員を上陸させるのは面白くない結果を招きかねない。

そもそも上海事変が収まったとしても、日貨排斥運動が収まる保証はない。この問題は民族自決だけではなく、経済的利害も絡んでいるからだ。

日本からの軽工業製品が排斥された結果、中国資本の軽工業が勃興している事実がある。「日貨を一日排斥すれば工場が一つできる」と言われているほどだ。

そういう背景があるだけに、短期間で帰国するはずの自分たちも、さて、本当に短期間で戻れるのか疑問は尽きない。


「空包を放ってはどうでしょうか」

戦闘幹部を集めての会議で、宮沢砲術長がそう提案した。あとから考えるなら、こんな提案が出され、それが通ってしまう点で、自分らも第二遣外艦隊司令部も、上海派遣に飽いていたのかもしれない。だが大谷地大佐には、その時は妙案に思えたのも確かなのであった。

「主砲を撃つのか、空包で?」

「そうです。一二門の三六センチ砲が咆哮《ほうこう》すれば、敵軍も士気を挫くでしょう。しかし、空包ですから上海に被害も出ない」

「文句を言われる筋合いはないか」

艦隊司令部からも許可が出て、とりあえず訓練ということで、五回の斉射を行った。訓練は翌日も行われるはずだったが中止になった。

第二遣外艦隊司令部からの命令による中止。理由は外務省からのクレームであったらしい。

一二門の主砲による砲撃は、空包であっても租界の列強には威嚇《いかく》行為に思えたらしい。

「あのような行為は日本も調印した九ヵ国条約に反する」とまで言われれば、外務省も戦艦扶桑の行動を看過できなかった。

第二遣外艦隊も、こんなことで外務省と喧嘩をするつもりはない。かくして砲撃訓練も一回で終わる。

だが、このただ一度の砲撃訓練が予想外の事態を招くこととなった。

その日の深夜のこと。上海近海にある扶桑を横切るようにジャンク船が通過した。しかし、見張り員も誰もそれを気にも止めなかった。

中国の港で中国のジャンク船が航行するのは、不思議でもなんでもない。

それに扶桑を偵察しようと怪しい船舶が通過するのは、すでに何度もあったことだ。同様のことを日本も列強の軍艦に対して行っており、それはそれだけのことだった。

事件は、航行訓練を始めようとした時に起きた。突然の衝撃と大音響が戦艦扶桑を包む。それも二度。

「なにごとだ！」

大谷地艦長をはじめとして、誰も何が起きたのかすぐにはわからなかった。だが、円山運用長から電話報告が届く。

「機雷です！」

「機雷!?」

「いつかはわかりませんが、針路上に機雷が敷設されていた模様です！」

大谷地艦長は、己《おのれ》の愚かさをこれほど呪ったことはない。戦艦扶桑の航行訓練のコースは決まっていたからだ。

上海は租界がある国際港であり、軍艦の航行についても関係国の間で、不測の事態を避けるためにルールが設けられていた。

そのルールにしたがっても航路が同じになりはしないが、戦艦扶桑のような巨艦では、喫水の関係で安全な航行可能なエリアは限られており、つまりは針路も限られる。機雷を敷設するくらい容易だ。

日露戦争で、触雷により主力艦二隻を失った日本海軍が、昭和になってまた触雷した。それも触雷した理由は同じ。決まったコースを移動したためだ。

日露戦争の頃なら、不幸な事故で許されるとしても、昭和のいまとなっては許されざる過失である。

しかし、いまは自分を馬鹿と言っても始まらない。大谷地艦長はダメージコントロールの担当者である円山運用長に、被害限局の指示を出す。

爆発は二回起きたのだが、なぜか破口は一つだった。どうやら機雷敷設の位置関係で、二回目の爆発は最初の爆発による誘爆であったらしい。

日露戦争の時は触雷で弾薬庫が誘爆し、二分で沈没した主力艦もあったが、戦艦扶桑はそれよりは幸運であった。

日露戦争の頃とは主力艦の排水量も違えば、構造も進歩している。ただそれでも機関部の損傷は避けられなかった。

最初に行われたのは、隔壁閉鎖と傾斜回復のための注排水作業で、直接指揮は運用長ではなく工作長が行う。

戦艦扶桑にも、艦内の複数の場所に応急指揮所があり、注排水作業はその指揮所で行われた。

左右両舷の機関は使用できず、注排水は補機の動力で行われる。戦艦扶桑は応急運用の成功でかろうじて着底は免れ、水平も完全ではないが、おおむね満足できる程度まで復旧した。

問題はこの後だった。すぐに旗艦である巡洋艦平戸から艦隊司令部の人間が来て、善後策が協議されることとなる。

「つまり、戦艦扶桑は浮いてはいるが、自力航行は不可能なのだな」

艦隊司令部から来たのは長官の名代としての参謀長であり、さらに意外なことに外務省の人間も一緒だった。

確かに機雷により戦艦が攻撃されたというのは、下手をすれば開戦理由にもなりかねない。

「機雷を敷設した相手については、わからないわけですね」

外務省の人間は、物言いこそ柔らかだが、大谷地艦長はその態度に妙に不快感を覚えた。

「見張り員によると、不審なジャンク船が扶桑の前方を横切ったそうだ。おそらく状況から考えて、機雷敷設を行ったのはそのジャンク船だろう」

「その船が機雷敷設を行ったという、物証はないわけですね」

「物証⁉　それはまぁ、確かに物証はないが……」

「また、そのジャンク船の国籍も不明」

「国旗を掲げて航行するジャンク船のほうが珍しいだろう」

「ようするに戦艦扶桑を攻撃してきた国は、特定できないわけですね」

大谷地艦長もそこまで言われれば、外務省の人間が何を言わんとしているかぐらいわかる。

触雷の事実は事実として、それがどこの国によるものかを明らかにするのは、外務省としては望ましくない。彼はそう言っているのだ。

「このまま泣き寝入りしろと言うのか！」

そう憤《いきどお》る大谷地艦長に外務省の人間は、あんたにはわからんかという視線を向ける。

「帝国としては泣き寝入りするつもりはない。しかし、責任の所在が不明では抗議もできまい」

「そんなものは蔣介石に決まっているだろうが！」

「そんな理屈は、外交の世界では通用しないのだよ。これが終息しかけている上海事変を再び拡大させ、漁夫の利を得ようとする第三国の仕業《しわざ》ではないとなぜ言える？」

「第三国だと……」

そんなことまでは、大谷地大佐も考えてはいなかった。そんな彼の考えを見透かしたかのように、外務省職員は続ける。

「そもそも、今回の触雷は日露戦争時の初瀬、八島と同様に、連日同じコースを航行したために機雷を敷設され、触雷するにおよんだと聞く。

貴殿が艦長として、もっと適切な運行を行っていれば、戦艦扶桑が触雷するようなことは起きず、そもそもなにものかが機雷を敷設しようなどと考えることはなかったのだ」

激昂して立ち上がりかけた大谷地艦長を止めたのは、参謀長だった。ただ彼の表情は、艦隊司令部も外務省職員と同じ見解であることを示している。

「扶桑で起きたことは、基本的に扶桑艦長の責任である。違うかね？」

それを指摘されては、大谷地艦長は何も言えない。確かに自分の采配が適切なら、こんな事態を招かなかったという自覚は、彼自身も持っている。

「事後処理は外務省が行う。奇跡的に死傷者は出ていない。事態の収束は容易だろう。まぁ、我々が思っていたよりは、だが」

「それより艦長、扶桑の現状はどうか？　曳航《えいこう》して日本まで帰還できるか」

「日本へ……」

「佐世保だよ。佐世保でドック入りは可能かと尋ねているのだ」

「可能だと思いますが」

「なら、艦長として佐世保まで必ず扶桑を運んでくれ。くれぐれも航海の途中で沈めないようにな」

こうして戦艦扶桑は、公的には「任務が終了したため」として巡洋艦に曳航されながら、佐世保に向かう。その航海は大谷地大佐にとって、まさに針のむしろだった。

2

大谷地大佐は戦艦扶桑がドック入りをすると、艦長の職を解かれる。正直、予備役《よびえき》編入を覚悟していた。

だが、予備役にはならず、そのまま海軍砲術学校の教官を命じられた。伝統ある海軍の術科学校の教官とは、出世ではないとしても、左遷とも言いがたい。

それでも大谷地大佐にとっては、挫折感に打ちひしがれる日々でもあった。

大艦巨砲の象徴たる戦艦は砲術学校で学ぶ生徒・学生の憧《あこが》れだが、教官は触雷で戦艦を沈めかけた男。

そういう目で大谷地大佐に接する人間はいないものの、逆に熱心な生徒や学生に対しては、自分のような人間が教える側にまわることに後ろめたさも覚えていた。

そんな彼が東京帝国大学の大山教授の講演会に参加したのは、偶然による。

戦艦扶桑の戦闘幹部は、扶桑がドック入りした時点で解散されていた。責任は大谷地大佐が取ることで、部下たちのキャリアには傷はつかなかった。

そんななかで一番の順当な人事を受けたのは、副長だった南郷中佐だろう。彼はいま海軍省兵備局にいた。

その南郷中佐が、大谷地大佐をその講演会に誘ったのだ。

「海軍軍人が経済学の講演に行くというのかね」

大谷地大佐は元部下が自分を誘ってくれたのは嬉しかった反面、講演自体にはなんの興味もなかった。

自分は海軍軍人であり、経済学とは無縁の世界の人間だ。だが南郷中佐は言う。

「経済学の教授ですから、そう見えますが、話の内容は違います。総力戦の話ですよ」

「総力戦の講演？　帝大教授が？」

「帝大教授とて、日本人です。総力戦になれば無関係ではありませんよ」

聞けば、すでに大山教授を招いて、海軍省や軍令部の若手・中堅による勉強会も行われているという。

それを聞くと、ますます大谷地大佐は講演会に行く気が失せた。南郷中佐の真面目な人柄を知ってはいるが、そういう活動には、どうにも下克上《げこくじょう》の臭いがしたからだ。

それでも、彼が参加することを決めた理由。それは南郷中佐の一言のためだった。

「どうも扶桑は、戦艦としては除籍になりそうです」

そしてそれは、大山教授の影響があるのだという。さっぱりわからない。詳しい話は講演会を聞いてから。こうして大谷地大佐は、興味もない経済学を教える帝大教授の講演会に参加した。

驚いたことに、講演会の場所はさる公的機関の講堂で、椅子が百脚は並べられるほど立派な会場であった。

そして聴衆は、学生らしい若者はほとんどおらず、見るからに官吏《かんり》風の人間や会社員と思われる人間が目についた。

それどころか、自分たちのような海軍軍人や、私服であるが明らかに陸軍の人間と思われる参加者も一〇人以上はいるようだった。

「大丈夫なのかね」

下克上を気にしていた大谷地大佐だが、いまは別のことが心配になってきた。経済学の教授となれば、社会主義か何かの話をするかもしれない。そうなると、治安維持法に触れる怖れが少なくない。じっさい陸軍には総力戦体制のために、日本の社会主義化（経済の計画化のほうがより正確かもしれないが）を唱えているものもいると聞く。

南郷中佐はそういう人物ではなかったはずだが、いやいや、人間はどう変わるかわからないこともある。

「大丈夫ですよ。ここには内務省や検察庁の人間も来てますから」

「内務省も？」

「国体の変革とは無関係ですから。まぁ、国力が伸展すれば、相応に社会は変わるかもしれませんがね」

講演は時間通りに始まった。

百脚ある椅子はすべて埋まり、一〇人ほどが後ろで立ち見をしている。大変な盛況ぶりだ。しかも参加者は官軍民の、それぞれの職場で中堅より上くらいの人たちばかりと思われた。

司会者に紹介され、人のよさそうな狸を連想させる小太りな男が説明を始めた。男は黒板に色々な数字をチョークで書き始める。

聴衆がそれを書きうつさんと、鉛筆をノートに走らせる音が室内に響く。

「例えば戦艦一隻は一億円。巷間《こうかん》では、軍事費は無駄に国費を浪費するという意見がある！　しかし、それは正しいのか？

あえて言おう。否、断じて否である！　諸君は、戦艦はどこで建造されるかご存じか？　海軍工廠《こうしょう》か？　もちろんそれもある。しかし、いま戦艦は民間造船所でも建造されているのだ。

さらに、戦艦の百万にも及ぼうかという艤装品《ぎそう》は、そうした海軍工廠や民間造船所ではなく、関係各社により生産されている。私の調査によれば、そうした関連工場は六〇〇に余る。

そうであれば、戦艦の建造費は、民間の造船所や海軍工廠から関連工場へと流れる。

それは何を意味するのか？　そう、建造費が社会に循環し、経済が拡大することを意味するのであります！」

大谷地大佐が理解した大山理論とは、戦艦のような巨大な建造物は、民間への波及効果が高いため、公共事業としてうってつけというものだった。

それは列強より劣る日本の重化学産業を、より飛躍的に発展させる効果があると。

大谷地大佐には、それでも疑問が残った。イギリスやアメリカでさえ、戦艦建造が経済的負担となり、軍縮条約で建造量を制限したのではなかったか？

だが、大山理論はそれにも解答を用意していた。曰く、重化学工業がすでに発達している英米では、軍拡の経済効果は低い。民間の経済力が十分に育っているからで、そういう国では市場経済に任せればいい。

　だが民間の経済力が弱く、重化学工業製品の市場を民間経済に期待できない日本では、軍需がそれらの受け皿として寄与する余地が少なからずあるという。

「飛行機を見よ！　英米に比して経済の弱い帝国が、航空機の分野ではめざましい発展を遂げ、英米に追いつくのも時間の問題である。

　なぜか？　日本の航空機産業の顧客は事実上、陸海軍しかない。その陸海軍が航空機産業を支えるからこそ、帝国の航空機産業は欧米に伍する水準に迫ろうとしているのである！」

　大山理論は、それでも単なる軍拡論ではなかった。

「先の欧州大戦で我が国は一大景気に沸いたが、それは長続きしなかった。輸出に依存し、内需が低いために、内需だけでは自国産業を支えられなかったためだ。

　同じことは軍需にも言える。軍需一辺倒では遅かれ早かれ限界が来る。師団や艦隊を増やすにも限界がある以上、軍備が飽和状態に至れば産業は失速してしまう。

　では、どうすべきか？　軍需で社会に循環した資金をもとに民需を拡大する。そうして経済に占める民需の規模を拡大すれば、軍需が失速しても経済は拡大できる。

　わかりやすく言えば、造船所の工員が増え、給与が増えれば、工員たちが使う金の量も増える。それが国力を伸展させ、軍需とは無関係な産業をも発展させるのです。

　工業の拡大こそ、民需に与える効果が大きい。だからこそ工業を発展させる軍需を呼び水に、経済を拡大すべきなのであります」

　大山教授はそう言って講演を終え、会場は万雷の拍手となった。

3

「どうでした？」

　講演会の後、南郷と大谷地は南郷の馴染みという料理屋で食事をしていた。大山教授は彼に心酔している人間たちに囲まれ、どこかの宴席に運ばれていったからだ。

「まぁ、よくできた理論だとは思うが、正直、胡散《うさん》臭さも感じるな」

「はじめて話を聞いた人は、みなさん、そう思われるようです」

「それより扶桑が廃艦というのは、どういうことだ？」

「二つ背景があります」

「二つ？」

「まぁ、両方は相互に関わっていますけどね。触雷した翌日、外務省の人間が、泣き寝入りしないと言っていたのを覚えておられますか」

「覚えているよ、だからこそ、廃艦というのが信じられないのだ」

「廃艦ではないんです、軍艦籍から除かれるが正しい」

「同じことだろう？」

「戦艦ではないが、艦艇としては残ります。じつは外務省は関係各国、特に英米に対しては、戦艦扶桑がなにものかの機雷敷設で事実上の廃艦に追い込まれたことを抗議しました。

詳しい駆け引きは存じませんが、英米も上海での機雷敷設には遺憾《いかん》の意を表しています」

「それで?」

「ワシントン海軍軍縮条約では、締結から一〇年以内の戦艦建造は認めていません。ですが、事故などにより廃艦処分となった戦艦については、代替艦の建造は認められています。

こうして扶桑は廃艦となりましたから、代替艦の建造が可能となる。

代替艦は長門の改良型になるはずです。軍縮条約の間は長門型として建造し、軍縮条約明けに改長門型として完成させる。

八八艦隊の加賀型を踏襲して、それに最新の技術を投入する。これから設計を始めれば、竣工時には軍縮条約は失効しており、条約に抵触することもないだろうと見積もられています」

「できるのか、そんなことが?」

「三六センチ砲、連装五基として建造し、条約失効後に四〇センチ連装五基に換装すればいいわけです。バルジを後から装備するなど、やりようはあるそうです」

「なるほど、その新型戦艦が泣き寝入りしないの意味か」

「我が国への卑劣な攻撃は、高い代償を伴うことを見せつけてやるわけですよ」

大谷地大佐は、自分が予備役にされなかった理由がわかった気がした。あの話し合いの時点で、艦隊司令部と外務省でそうした青写真が作られていたのだろう。

「で、大山理論は？」

「金を節約するなら扶桑の修理が一番安い。そうではなく、扶桑は別途改造して、新たに新型戦艦を建造する。これこそ大山理論の発想とは思いませんか」

「なるほどな」

確かに陸海軍の軍人にとって、大山理論は軍拡が国家負担になるという非難に対する強力な理論武装となるだろう。

ただ、経済がそんなに理論通りに進むのかというと、大谷地大佐にはやはり疑問だった。

一つには大山教授の講演では、定量的な分析が何もなかった。数字はいくつも語られたが、論証とするには弱い。

とは言え、なら大山理論を否定する比論を大谷地大佐が持っているかと言えば、それもない。

ただ、大山理論が社会的な影響力を持つ人々に信じられているとすると、この先、何が起こるのか？　そっちのほうが大谷地大佐には気がかりだった。

多額の国家予算を投入して大山理論が間違いだったら、国の浮沈に関わるだろう。この場合、大山教授に責任はない。

南郷中佐は、大山理論のことを話したかったらしいが、大谷地との温度差からこの話題は不発に終わる。

そして、話題は扶桑の話に戻った。

「軍縮条約があるので、砲塔を撤去して標的艦にするというのが当面の改造です。標的艦なら装甲を残しても問題はない」

「当面は、というのは将来は違うのか」

「まだ確定ではないのですが、条約明けに、近代改装して戦艦として再建するか、あるいは空母として活用するか。その二案を検討中です」

「空母にするのか、戦艦を？」

「それだけ航空機の需要拡大が期待できますから」

大谷地大佐は、ふと思った。おそらく軍令部や海軍省には、軍拡で経済力を拡大し、国力をつけるという大山理論の信者は思った以上に多いのかもしれない。

だが、本当のところで、大山理論を完全に理解している人間は、ほとんどいないのではないか？理論のつまみ食いをして、都合のよい部分だけを利用する。

そうであるとの証拠があるわけではないが、大谷地大佐にはそのほうが、話としては腑に落ちる気がした。

結局、大谷地大佐が大山教授の講演会や勉強会に行くことは、その後も二、三度あったが、それだけだった。

ただそれでも、南郷以外にも大谷地を誘ってくれる人間はいた。しかも増えていた。

誘われても参加しない理由の一つは、教官の仕事が忙しくなったこともある。

彼は弾道学の計算手法の改善に没頭していたからだ。弾道計算に特化した形で、いかに数値積分を効率化するかという話であるが、彼はそれに手応えを覚えていた。

　計算手法が効率化できるなら、射撃盤を改善し、主砲の照準がより短時間で行えるはずだった。そうなれば砲術も従来とは違ってくる。

　だがそうした仕事を理由とするよりも、彼がその手の集まりに参加しなかったのは、会の雰囲気に違和感を覚えたからだ。

　大山教授の話を聞くことよりも、そこに集まった陸軍や海軍の中堅どころが、中央官庁の同様の人間たちと党派を組む場。大谷地大佐にはそう見えたのだ。

　そうしているうちに、大谷地大佐は海軍鎮守府に勤めたり、別の術科学校の教官になったりと、中央でも艦隊でもなく、さりとて地方でもない役職を点々としていた。

　おそらく、自分は大佐として予備役に編入されるだろう。状況は微妙ではあるが、戦艦を失った男としては、そう悲観したものではないのではないか。

　そう考えていた矢先、大谷地大佐は海軍省人事局より新たな辞令を受ける。昭和一〇年一月末のことだった。

4

　その日、彼は海軍省人事局に呼び出され、担当者から直接、その内示を受けた。それはいささか異例なやり方であり、大谷地は話を聞くまで、てっきり予備役編入の話だとばかり思っていた。

「貴官には二番艦の艤装員長をやってもらいたい」

「二番艦？」

「昨年起工した扶桑の代替艦である紀伊の二番艦、おそらく尾張と命名されるだろう、新型戦艦の艤装員長だ。起工は一一月を予定している」

扶桑の代替艦として昭和九年一〇月に、戦艦紀伊の建造が始まっていた。

三六センチ連装砲塔五基を装備という条件は、扶桑が廃艦ではなく、標的艦であっても、海軍籍にあることへの英米からの抗議に対応したものだった。

日本海軍としては最大限に抵抗した振りを示しつつも、じっさいは三六センチ連装砲塔は、後から四〇センチ連装砲塔に換装する計画であった。

そうなれば、長門型よりも強力な戦艦が誕生する。

それは秘密ではあったのだが、扶桑の元艦長であり、海軍砲術学校の教官ともなれば、情報は自然と入ってくる。

「二番艦の艤装員長という重大な仕事を任されることに異存はありません。しかし、軍縮条約明けは二年先です。一一月建造では、明らかに条約違反です。

海軍が条約の継続を望まないにしても、わが国から軍縮条約を破棄するのはまずいのではありませんか」

もちろん、戦艦紀伊の主砲換装のことを考えれば、すでに条約違反のグレーゾーンではあるが、二番艦建造はあからさまに違反することになる。

「違反にはならん。廃艦の代替艦建造は条約でも認められている」

「廃艦……また、何か事故が？」

「事故ではない。運用の問題だ。紀伊一隻では、運用面で不都合が多い。最低でも同型艦は一隻ではなく二隻必要だ。だから二番艦を建造する。

同じ理由で、戦艦山城も廃艦となる。もちろん戦艦としては廃艦ということで、武装を解除して練習艦にでもするさ」

「まさか、空母に？」

「さすがだな。扶桑は条約明けをにらんで、本格的に空母に改造される。山城も同型の空母に改造されることになるだろう。両者ともに装甲空母となるべく、艦政本部で研究中だ。

じつは、扶桑を廃艦にするかどうかの英米との交渉の中で、代替艦建造についても議論されている。現実にそれをするかどうかは別として、山城を廃艦にして、代替艦を建造することは英米の了解を得ている」

「よく、英米が納得しましたね」

「これは極秘だが、貴官には明かしても問題はあるまい。当事者でもあるからな。

扶桑の修復工事中に、艦内から機雷の破片が発見された。小さな金属片だが、刻印が施されていて、それがどこの国で製造されたものか、わかったわけだ」

「どこの国なんです！」

「貴官がそれを知るのは、よろしくなかろう。戦争を挑発する行為と国民に思われるのがまずい国、とだけは言っておく。

外務省はいい仕事をしたんじゃないかな、この件では」

「そのようですね」

あの時は神経に障《さわ》る男と思ったが、どうやらなすべきことをなせる人間であったたらしい。結局、腹は立ったとはいえ、彼もまた自分の本分を果たそうとしていたのか。

「貴官は、この人事に驚いているようだな」

「突然のことですから」

艤装員長とは、就役後は艦長になる役職だ。そんな役職には二度と就けまいと思っていただけに、大谷地大佐にとって、それは驚きであった。

「同型艦と言っているが、紀伊と尾張は違う。紀伊は三六センチ砲搭載艦として竣工することになる。その後、四〇センチ砲塔に換装する。

だが尾張が砲塔を載せる頃には、軍縮条約は期限切れを迎えている。最初から四〇センチ砲搭載艦として就役することになるだろう。

じつは紀伊と尾張では、もう一つ違いがある。射撃盤だ。紀伊は従来型のものが使われる。だが、尾張は新しい射撃盤が搭載され、それはA１４０にも使用されることになっている」

「A１４０とは？」

「あまり詳しいことは言えないが、軍縮条約が明けると同時に起工される予定の新型戦艦だ。それは紀伊や尾張よりも強力な戦艦になる」

「一六インチ砲でも搭載するのですか？」

「ノーコメントだ。まぁ、砲術屋の常識だとは言えるか。新型戦艦には新型の主砲と射撃盤が搭載される。その射撃盤の理論は、貴官が砲術学校時代に発表した論文に基づいている。

簡便で精度の高い数値積分法は、砲撃精度を著しく向上させると期待されている」

「そんなことになっていたとは……」

「秘密を要する内容であるのと、まぁ、海軍の縦割り行政の問題だな。艦政本部や技研で行われていることを、砲術学校が知っているとは限らん。その逆もある。

だが、新戦艦は海軍一丸となって開発しなければならん。したがって、貴官の協力が必要となるわけだ」

それは大谷地大佐を驚かせ、また喜ばせた。砲術学校で論文を完成させ、発表した時には反応らしい反応がなかったからだ。

英文にして海外に発表すれば、それなりの反応もあったかもしれないが、日本海軍の火砲の詳細についても触れているため、それは不可能であった。

彼としては自信作であり、にもかかわらず反響は何もなかったに等しかった。だからこそ、彼は予備役編入は近いと考えていたのである。

「貴官の前で、こうした話をすることに他意はないのだが、扶桑の触雷は、じつに微妙な時期に起きた。

知っての通り、海軍はワシントン海軍軍縮条約を延長しないことを昨年決定した。世界中がそれを知っている。

だが、扶桑の代替艦としての紀伊の建造は、その決定前に計画され、設計された。紀伊の設計が完了した時点で、A140の設計が開始できたわけだ」

「紀伊と尾張は、A140の露払いになったと？」

「露払いという表現は当たらんよ。紀伊と尾張は、就役すればその時点で世界最強の戦艦たり得る。A140がそれを凌駕するというだけでな。

だが、紀伊と尾張の経験が、A140の建造に大きく寄与するのは間違いない」

「しかし、この不景気に紀伊と尾張の建造が、よく通りましたね」

「不景気だからだよ。紀伊と尾張、さらにA140は最低二隻建造される。

つまり巨大戦艦がこれから六、七年は常に建造されていることになる。巨費を投じての建造だけに、その巨費が民間工場に流れ、民間経済に流れ、内需を拡大する。

それで不景気が解消され、好景気になり、税収が増加すれば、戦艦建造による予算の痛みなど、すぐに癒えてしまうさ」

「大山理論ですか」

「ほぉ、砲術のみならず経済学にも精通していたのか、それは心強いな」

人事局の幹部は心底、大谷地大佐に感心しているようだったが、彼自身の気持ちは複雑だった。

国防のために新型戦艦が必要というのはわからないではない。だがそれは、国防のドクトリンに基づいた兵力量算定から導かれるべき性格のもの。

景気対策だからこそ、議会で議員の賛成も得られたのだろうが、そういう次元で新型戦艦を建造するというのは、果たしてどうなのか？

ただ、いまこの場で話を聞く限り、大山理論が正しいようにも見える。

人事局幹部は聞いてもいないのに、株価上昇ということまで教えてくれた。よもや海軍省で、今日の株価を聞くことになるとは思わなかった。

「扶桑・山城の装甲空母改造が完了すれば、海軍は計画中のものも含め、大型正規空母八隻を抱えることになる。

さらに金剛型四隻は巡洋戦艦から装甲を強化して、高速戦艦として改造される。

これに紀伊、尾張、Ａ１４０型二隻が加われば、高速戦艦八隻を我が海軍は保有できる。

高速戦艦八隻、大型空母八隻の新しい八八艦隊を保有することになるのだよ」

「相応に株価も上昇しそうですな」

「その通りだよ」

人事局幹部には、大谷地大佐の皮肉は通じなかった。

2章
装甲空母扶桑

1

「これが新型艦攻か」

　昭和一三年の春。装甲空母扶桑の飛行甲板に、次々と全金属単葉の大型機が着艦する。

　危なげない着艦を果たすと、発着機部員が大急ぎで機体を移動させて行く。

　そうして飛行甲板が空くまで、ほかの艦攻が大きな円を描きながら、扶桑の周囲を旋回していた。

「時代ですかね」

　アイランドの上でその光景を見ていた田岡飛行長の言葉は、かたわらの南郷艦長の気持ちでもあった。

　つい最近まで扶桑の艦載機は、複葉機ばかりが三〇機ほどしかなかった。正規の配備があるまでの訓練用であり、ようするにつなぎの機体だ。

　艦戦も、艦爆も、艦攻も複葉機である。それが順次、全金属単葉の九六式艦戦になり、さらにいま最新鋭の九七式艦攻が配備された。

　艦爆は戦闘機と同じ九六式だが、こちらは依然として複葉機である。それでも艦載機が変わったことで、飛行甲板の景観も違ったものに見えていた。

「訓練期間は一週間だが、大丈夫か？」

南郷艦長の問いに田岡飛行長は、真っ直ぐに返答する。

「新型機に馴《な》れていないだけで、素人ではありません。基礎はできてます。一週間あれば十分です」

「頼む」

2

上海事変で触雷した戦艦扶桑が、ワシントン海軍軍縮条約の間隙をぬって、標的艦を経てから装甲空母として竣工したのは、条約明けの昭和一三年三月のことであった。

そして、空母改造工事の艤装員長を命じられ、そのまま初代艦長に補《ほ》されたのは、上海事変の時の南郷副長であった。

彼もいまは大佐に昇進し、くしくもかつての乗艦の艦長となった。

じつのところ何かの因縁というわけではなく、誰かの底意があったわけでもない。海軍省兵備局での勤務の中で、海軍航空と深く関わるようになり、そうした結果として装甲空母扶桑の艦長に補されたのだ。

厳密に言えば、海軍の類別標準には、空母はあっても装甲空母という分類はない。だが海軍内部では、装甲空母が扶桑（と山城）の枕詞《まくらことば》のようになっていた。

海軍内部でも、扶桑は戦艦から主砲などを取り除いて甲板を全通にして空母にしたから、装甲空母と考えている人間は多かった。

だが、じっさいは違う。空母に戦艦の主砲に耐えられるような重装甲を施してどうするのか？

そもそも戦艦扶桑は標的艦にする時点で、装甲の多くが取り払われていた。標的を曳航するための船であって、実弾を命中させるための船ではないのだ。

ただ扶桑は、上甲板には装甲が施されていた。航空機の攻撃訓練を主に行うのが、標的艦としての扶桑の役割であったためだ。

これは最終的に装甲空母に改造する場合を考え、最大の弱点となるであろう飛行甲板の装甲化についての実験データを得る目的もあった。

だから、無線航行が可能となった時には、扶桑に直接爆撃を行う実験も行われている。演習を装っていたが、最高機密の実験であり、海軍でもこのことを知る人間は少ない。

結果として、空母の装甲については貴重なデータを得ることができた。そしてそれは、装甲だけの問題ではなかった。

標的艦としての扶桑は、最終的に平甲板型空母のような形状になり、一基だけだがエレベーターも施されていた。これは扶桑を標的艦だけでなく、搭乗員の離発艦訓練にも用いていたためだ。

実験は数日にわたって順番に行われており、エレベーターに対する攻撃も含まれていた。

実験は装甲部分以外は三〇キロ爆弾を用いていた。非装甲のエレベーターを爆弾が貫通するのは予想されていた。実験そのものはエレベーターの機構に対する爆弾の影響だから、それでよかった。

問題は、爆弾による火災の影響であった。運用科が消火のために待機していたので、それが致命傷にはならなかった。だが、致命傷寸前にまで火災は拡大した。

　まず塗料が燃え始めた。壁の塗料が燃え、格納庫内に広がった。さらに電路の電線の被覆が燃え、これが延焼の拡大を招いた。

　小さな格納庫で可燃物が少なかったことと、電源は失われたがディーゼルエンジンの消火ポンプが別に用意されていたことで、火災はかろうじて鎮火できた。

　しかし、この予想外の損傷に以降の実験は一週間延期となり、その間、火災の調査にあてられた。

　海軍にとっては貴重な経験であった。空母には可燃物が多いことはわかっており、だからこそ装甲空母の発想が生まれたわけだが、それだけでは不十分だったわけだ。

　そして、この経験は艦政本部や軍令部の認識を変えさせた。塗料や電線の被覆が燃えるような状況を放置していては、戦艦並みの装甲を施しても、艦の安全は確保できない。

　だが、逆にそうした処置を施し、消火手段も工夫すれば、空母の抗堪性《こうたんせい》は向上する。つまり、無闇に装甲を施さなくてもよいことになる。

　とは言え、それで装甲空母という存在自体が否定されたわけではない。ただ空母の装甲化という命題に対する考え方が変わったのだ。

　最終的に装甲空母扶桑は、飛行甲板が装甲化され、これが強度甲板となったので、ほかの空母のように連結継ぎ手は必要なくなった。

　そして、格納庫周辺も装甲化される。ただ火災時のことも考え、格納庫は必要なら外部に対して開放することが可能となった。

また、爆撃に対してエレベーターが意外な弱点となったことから、三つのエレベーターのうち、中央のそれは格納庫の外の舷側に設けられた。

装甲甲板の影響で重心が高くなるため、格納庫は一段（正確には部分二段）とされ、収容機は定数が六〇機に補用五機となった。

こうした工事の一部始終を、南郷大佐は艤装員長として目にしてきた。世間では、扶桑の抗堪性は装甲で担われると思われている。だが実際は、運用科の充実が抗堪性を保証していた。

独立した消火ポンプや通信設備、複数の運用指揮所だけでなく、それらを動かすための訓練も入念に行われていた。

いよいよとなれば、石鹸水の泡で消火する発泡消火装置まで装備されている。そうした新機軸も、日頃の訓練で運用に精通していなければ宝の持ち腐れになるばかりでなく、最悪、艦を失うことになりかねない。

ただ、南郷としては懸念もある。防火塗料や耐熱性のある電線被覆は、いまも満足のいく水準のものが開発されていないのだ。

これは日本の化学工業の遅れゆえのことだが、こうした分野での進捗が期待できるまでは、装甲と運用の両輪で艦を守るしかない。それが南郷艦長の考えである。

現実に装甲空母扶桑の艦長になって南郷大佐がわかったこと。それは、扶桑は古い軍艦の改造なのではなく、まったく新しい軍艦であるということとだ。

　この場合の新旧とは、艦齢を意味しない。戦艦は定義にもよるが、日露戦争の頃にはすでに存在していた。それくらいの歴史を持つ軍艦である。その意味で古い軍艦だ。

　しかし、空母は違う。まして装甲空母など、いまだ試行錯誤の段階とさえ言えるだろう。それだけ新しい軍艦だ。

　つまり、同じ軍艦扶桑でありながら、戦艦時代と装甲空母時代では運用思想から何から、まるで違うのだ。

　戦艦時代と空母時代の両方を知る南郷だからこそ、このことが理解できる。

　だから南郷艦長は、艦長職にほかの軍艦にはない重責を覚えていた。すべてが手探りのなか、自分たちが装甲空母の運用を作り上げていかねばならないのだ。

　それはほかの艦長にはない、南郷だけの責務であった。

3

　昭和一三年のこの時期、装甲空母扶桑は支那派遣艦隊司令部直率艦として編入されていた。僚艦となるべき装甲戦艦山城はまだ改造工事中であり、同型艦はない。

　装甲空母扶桑の任務は、陸海軍が進めていた武漢作戦の航空支援であった。

　日華事変に対する海軍の立場は、必ずしも明快ではなかった。陸軍同様、盧溝橋《ろこうきょう》事件が起きた当初は、事態は早期に終息するとして、海軍にとってそれは「陸軍さんの仕事」でしかなかった。

しかし、日華事変は終息する気配を見せず、海軍も協力しないわけにはいかなくなった。

陸軍だけが連日のように新聞などで戦果を報じているのに、海軍は何もしていない。そういう状況を放置するわけにもいかないからだ。

海軍はすでに、扶桑・山城の代替艦としての紀伊・尾張の二戦艦を建造しているだけでなく、それを上回る四六センチ砲搭載艦も建造していた。

そのための多額の海軍予算を通過させた手前、何もしないという印象を国民に与えるのは好ましくなかった。

本音を言えば、海軍の仮想敵はアメリカであり、その戦備を充実させたい。中国との戦争（法的には事変だが）に介入して、無駄に戦備を消耗させたくはなかった。

ただそれを言えば、陸軍とて仮想敵はソ連であり、中国との紛争で消耗するのは避けたい。そのため陸海軍の協力で、この事変を早期に終結させる。この点で両者の思惑は一致していたのである。

装甲空母扶桑が武漢攻略に参戦する理由も、そうしたものだった。そしてそれが、装甲空母扶桑の初陣でもあった。

4

その時の装甲空母扶桑からの戦爆連合は三〇機。艦戦、艦攻、艦爆がそれぞれ一〇機ずつだった。

総隊長は艦攻に搭乗していた。任務は単純である。武漢まで飛行し、爆弾を投下して帰還する。

単純な作戦だが、総隊長としては忸怩《じくじ》たる思いもある。海軍航空隊は何を攻撃するために存在するか？

それは敵艦隊だ。洋上を移動中の敵艦隊に対して爆弾や魚雷を投下する。それが自分たちの役割であり、そのために日夜訓練に明け暮れていた。

しかし、武漢攻撃というと、地上の静止目標に対する爆撃だ。洋上航法と違い、陸上にはランドマークはいくらでもある。

爆撃にしても、移動し、針路も頻繁に変更できる敵軍艦を攻撃するために腕を磨いてきた。

武漢作戦への海軍の参戦に異を唱えるつもりは毛頭ないが、この事変が長期化した場合のことは考えてしまう。

部隊の将兵が地上爆撃のような「簡単な」任務に馴れてしまったら、技量が低下するのは避けられない。

実戦経験の豊富なことが、技量を低下させかねないという矛盾がある。だが、こんなことを考えたところで、自分に事変を解決させる力はない。

いまは任務に最善を尽くし、それにより事態が好転することを期待するよりないのだ。

そんな楽観的な総隊長の気分は、先行する戦闘機隊の動きで終わりを告げる。戦闘機隊の隊長機が敵襲を知らせる信号弾を打ちあげる。

九六式艦上戦闘機が急上昇すると、待ち伏せていたかのように、中国軍の戦闘機隊が急降下をかけてきた。

国民党政府に戦闘機を国産化する能力はなく、

それは海外から輸入したものだ。総隊長が見るところ、アメリカ製と思われた。

総隊長は、敵が待ち伏せを成功させた理由がすぐにわかった。簡単なことだ。

ここは中国なのだ。海岸から武漢まで監視員はいくらでも配置できる。そうした監視員が通報すれば、目的地が武漢とわかっている以上、待ち伏せは容易である。

迎撃戦闘機は一〇機であった。戦闘機の数は互角だが、三〇機相手ではいささか少なく見える。だが、確かに一〇機でも十分なのかもしれない。敵戦闘機の搭乗員の技量は高かった。

そして、それだけではなかった。戦い方が何か違う。

総隊長も中国軍とこうして戦うのははじめてだが、相手がどんなものなのかの研究はしている。

彼が聞いた範囲では、中国軍の戦闘機隊は機体の温存を命令されているせいか、戦い方が消極的であるらしい。特に戦闘機相手では。

だが、いま九六式艦上戦闘機と戦っている相手からは、そうした消極性は感じられない。

戦闘はなかなか決しない。撃墜された機体もないが、撃墜した機体もない。双方が、激しいが結論の出ない空中戦を繰り広げる。

しかし、全体としては日本軍が優位にあった。なぜなら、艦攻も艦爆も敵機の攻撃を受けなかったからだ。

戦闘の幕切れは、だからあっけない。艦攻と艦爆は、それぞれが標的に爆弾を投下する。

攻撃機の数は二〇機。だから攻撃はすぐに終了した。攻撃機が帰還するとともに、九六式艦戦も戦闘を切り上げ、敵戦闘機隊も帰還する……かと思われた。

確かにほとんどは帰還した。だが、一機の九六式艦戦と一機の敵戦闘機があくまでも攻撃をやめない。

九六式艦戦は、それでも戦いながら空母へと向かう。敵戦闘機はそれについてきた。そうして激しく銃火を交わす。

この一対一の戦闘には、ほかの九六式艦戦も介入できなかった。介入すれば勝負はすぐに決着しただろう。数で一〇倍の開きがある。

だがその二機の死闘に、友軍機でさえ手を出せなかった。二機の戦闘には、数を頼んで決着させることを拒む何かがあった。

そして、一瞬の隙に九六式艦戦が敵機に銃弾を叩き込む。ただその火力は十分ではなかった。弾切れだ。

敵戦闘機の搭乗員は、そこで着水を試みたのだろう。炎上する機体を海上まで走らせる。

総隊長はこの状況を無線で空母に打電させ、空母はすぐに着水した機体の搭乗員の救難準備にあたる。

しかし、その準備は無駄になった。敵戦闘機は海上までくると突然エンジンが停止し、そのままほぼ垂直に落下する。

機体の落下地点周辺を捜索していたカッターは、飛行服を着用したアメリカ人らしき白人男性の遺体を回収した。

後々、それは中国側に参戦したアメリカ陸軍航空隊員の義勇軍とわかる。アメリカ政府は義勇軍への政府の関与を否定し、現役軍人によるこのような行為は処罰の対象となるとコメントした。

5

昭和一五年一〇月。

連合艦隊旗艦、戦艦尾張の作戦室内で山本五十六連合艦隊司令長官は、第一戦隊司令官の大谷地少将の問いに、そう返答した。

「これは挑発なのでしょうか」

「いや、牽制だ」

「より正確に言えば、偵察とも言える。我々はいまアメリカを挑発し、砲火を交わす意図はない。ただ我々の存在を誇示し、彼らの行動に掣肘《せいちゅう》を加える必要がある」

そして、山本長官は言葉を続けた。

「我々が強気に出ている姿勢を示せば、馬鹿が暴発するようなこともなかろう」

「暴発ですか……」

大谷地司令官は「暴発」という言葉を噛みしめる。

先月の二七日、日独伊三国同盟が結ばれた。日華事変は泥沼化し、日本は公然と中国に肩入れするアメリカとの対立を深めていた。

三国同盟には、そうしたアメリカに対する牽制の意味がある。すでにヨーロッパでは、ナチス・ドイツが破竹の進撃を続けている。フランスは占領され、イギリスが降伏すればヨーロッパはドイツのものとなる。

そのドイツと結んだことで、中国の抵抗を挫き、アメリカの支援を中止させる。その意味ではドイツ頼みの同盟ではある。

そして三国同盟の結果はと言えば、アメリカの姿勢を硬化させただけだった。

三国同盟締結の翌日、アメリカ合衆国政府はフィリピンにあるスービック基地のアジア艦隊の戦力強化を宣言し、四〇センチ砲搭載のコロラドとメリーランドの二戦艦を、真珠湾より移動させると宣言した。

もちろん戦艦だけが移動するはずもなく、相応の駆逐艦や巡洋艦も行動をともにするだろう。

日本政府は、表面では平静を装い「アメリカの行動は挑発行為」との非難声明を出す程度だったが、内情はパニック寸前と言ってよい。

なぜなら、第二次近衛内閣により出された同年七月の「基本国策要綱」では、いわゆる大東亜共栄圏の構想がなされ、南進策も検討されていたからだ。

現在の南方資源地帯の戦力であれば、陸海軍の兵力で占領は可能だ。しかし、ここにアメリカが戦艦二隻を擁する艦隊を派遣してくるとなると、話はまったく違ってくる。

南方を武力で占領しようとすれば、海上輸送路の安全が絶対条件だが、この米艦隊はそれを脅かす存在だ。

もちろんアジア方面の海軍力では、依然として日本海軍が有利ではある。しかし、この二大戦艦の始末に時間をとられるならば、南方進出は長期化することになり、長期化すればそれだけ頓挫する可能性が高くなる。

最悪なのは、アジア艦隊と真珠湾の太平洋艦隊が合流する、あるいは、連合艦隊がフィリピンに忙殺されている間に、太平洋艦隊が日本本土を直接攻撃するような状況だ。

この派遣は一時的なものかもしれない。だが恒久的なものである可能性もある。

いずれにせよ、この二隻の戦艦は、たった二隻ではあるが、日本海軍の対米戦術を根底から崩しかねない存在だった。

にもかかわらず、この戦艦来航を米海軍からの挑発と捉え、「開戦やむなし！」と唱えている一派がいるという。これもまた、三国同盟の負の成果と言えるかもしれない。

彼らの意見は、本音は開戦ではない。三国同盟を結んだから、アメリカ戦艦を攻撃してもアメリカは開戦には至らないはずだ。だから武力で追い返してしまえ。

山本長官の言う「暴発」とは、こうした意見が現実の武力行使につながる怖れであった。

だからこそ、米戦艦に対抗できる新戦艦を自分たちが派遣することで、暴発しそうな連中の気勢を殺《そ》ぐ。それが山本長官の意見であった。

「どこまで同航するのですか」

「領海の手前でいいだろう。無理に深追いする必要はない」

「しかし長官、長時間の追跡になります。米艦隊も色々と仕掛けてくると思いますが、そうなれば紀伊や尾張の性能について、彼らに明かすことになりませんか」

「明かしてまずいことがあるのかね」

そう言うと、山本長官は不敵に笑う。大谷地長官は、それで山本の真意を察した。

新型戦艦の性能というこちらの手の内を明かし、相手を牽制するとともに、こちらに開戦の意思がないことを伝えようというのだ。

確かに三国同盟に強く反対してきた山本長官らしい。

「ところで、仮に戦艦二隻がフィリピンに常駐となった場合、我々の戦術はどう考えるべきでしょう?」

「貴官はどう考える?」

「迅速にフィリピンのアジア艦隊を撃破し、真珠湾の本隊に備える。そうした形での各個撃破の後、太平洋艦隊の主力を迎え撃つ。それが現実的な作戦ではないでしょうか」

「確かに現実的な作戦だ。教科書通りと言ってもいいだろう」

そう言う山本長官の口調には、さほど感心した様子は見られない。それは当然だろうと、大谷地少将も思う。そんなのは山本が言うように教科書的な常識の範疇《はんちゅう》の話だ。

「問題はアメリカも、そのことを百も承知であることだな」

「ならば、アメリカは二戦艦を長期間、スービック基地に滞在させることはないのでは? 各個撃破されて不利になるのはアメリカですから」

「つまり、これはあくまでも政治的な艦隊派遣というのが、貴官の解釈か」

「常識で判断すれば」

「常識……でか」

山本五十六連合艦隊司令長官は、そうした常識が信じられないらしい。大谷地少将には、山本のそんな態度が腑に落ちない。米海軍が常識的な対応をすることに何が腑に落ちないのか？

「それでも、なお二戦艦が駐留し続けたとしたら、考えられるのはなんだと思う？」

山本はいつになく執拗《しつよう》に大谷地に質問を浴びせるが、大谷地が日本海軍の最強戦艦四隻を預かる立場であることを考えると、その態度は理解できた。

むしろ山本の態度を理解したことで、大谷地は自分の職の重さが急に怖くなった。自分の采配が拙《まず》ければ、一国が滅ぶことさえあり得るのだ。

「各個撃破の可能性を承知の上でとどまるとしたら……ですか」

大谷地はかたわらの世界地図に目を走らせる。日本列島からフィリピン、そして……。

「現状、日本と英米の対立です。アメリカの二戦艦がイギリスのアジア艦隊と合流すれば、英米の戦艦の合計は最大で七、八隻になりましょう。

英米連合艦隊と日本が戦うとなれば、数的には我々がなお優位とはいえ、各個撃破とはいきますまい。

極論すれば、英米連合艦隊は我々に勝たなくてもいいわけです。ゲリラ戦を展開しつつ、艦隊決戦を避ける。そうして米太平洋艦隊が日本近海まで進出してから、連合艦隊を挟撃する」

そう口にして大谷地少将は、その想定に我ながら背筋が凍る。シナリオとしては最悪と言ってよいだろう。

この想定だと、連合艦隊は数で圧倒され、日本本土は英米艦隊の砲火にさらされる。

「最悪だな、そうなれば」

その割りに、山本五十六連合艦隊司令長官の表情は明るかった。おそらくは教科書以外の想定を議論できたからか。

「一戦隊司令官は、いまの想定はあり得ると思うかね」

「外交のことはわかりませんが、そういう事態を想定することは無駄とは思いません」

それは大谷地少将の本心でもある。

結局、米英と戦争をするのか、アメリカ単独なのか、それを決めるのは自分たちではない。逆にそれを自分たちで決めてはならないはずだ。それが近代国家の軍隊というものだ。

「紀伊と尾張の建造は、英米に対する抑止力にはならず、かえって彼らを警戒させ、その脅威という点で手を結ぶ条件を整えてしまったのかもしれんな」

「英米が手を結ぶ条件ですか……」

「世界最強の戦艦を持つ国に対して、持たない国の選択肢は協力しかあるまい」

山本五十六連合艦隊司令長官は、紀伊と尾張の建造が、太平洋やアジアのパワーバランスを崩したと暗に指摘する。

すべてではないにせよ、紀伊と尾張の建造には、大山理論の信奉者が増えたことがあるだろう。

「経済理論が抑止力に影響したとでもいうのか」

大谷地少将は、そんなことを思った。

6

大山理論は正しいのか、過《あやま》ちなのか。大谷地少将は、論壇誌でそうした議論が続いていることに驚いていた。

昭和一五年のいまもこんな議論がなされるというのは、大山理論が必ずしもいい加減な理論であったからではないようだ。

ただその一方で、こうした議論が起きるというのは、この理論に万人が納得しているわけでもないらしい。

大谷地少将は専門外だが、新聞の議論や雑誌記事は注意して見るようにしていた。そこでわかったのは、日華事変の長期化が、色々な点で大山理論の前提を覆しているということだ。

誰も長期化を望んでいない日華事変は、昭和一五年のいまも終わらないし、終わりは見えない。

結果として戦費は膨張し、陸軍の師団数は事変前の倍以上になり、さらに海軍予算も紀伊、尾張のほかに大和と武蔵という新型戦艦建造も可能となった。

これらは臨時軍事費特別会計のおかげだが、それは確かに軍需産業を中心とした好景気を生んでいた。

兵隊さんに送る千人針や慰問品も、いまは銀座のデパートに頼めば、そこから戦地に送ってくれる。

「デパートの豪華な千人針や慰問品よりも、粗末でも手製のもののほうが兵士は感動するのです」

そんな陸軍からの要望が新聞に載るのも、そうせざるを得ない現実があるのだろう。

ことほどさように、軍需産業関連の景気はよい。大谷地も少将に昇進したので、記念に妻と温泉に行こうとしたら、目当ての旅館は重工さん関係の会社の社員に旅館ごと押さえられていたほどだ。

そんな真似ができるだけの金が流れているわけだ。

ただ軍需産業と無縁の分野では様相は一変する。農村は徴兵で働き手を失い、米価が統制された関係で、生活の苦しい農家が増えているという。

つまり国内で格差が拡大し、それが白色テロを生んでいるという意見も最近は目にするようになった。じじつ国粋主義者に暗殺されたり襲撃される政治家、経済人も多い。

不思議なことに、雑誌などの大山派・反大山派の両方が、事実として国内の経済格差の拡大を認めていた。

論争は、そうした事実は何がいけないかで、政府の経済政策を、大山派は「反大山派的」と非難し、反大山派は「大山派的」と非難していた。

とは言え、論争自体は噛み合っておらず、そもそもそれは論争でさえない。双方が自分の言いたいことだけを語っているように大谷地には思えた。

そして、大谷地少将が理解する範囲では、論点は大山理論とはすでに無関係であった。議論の中心は、官・軍が戦時体制で進めている統制経済の是非が争点となっていた。

反統制経済派は、大山理論の前提は自由主義的市場経済にあり、それを統制するから格差が広がるという。

　対する統制経済派は、大山理論は政府の経済への介入により有効需要を喚起することで、富の循環を促進するものであり、格差の拡大は統制に反する自由主義的市場経済にあるという。

　しかもこの議論には、それぞれの陣営に「（適者生存の法則から言って）格差拡大は正しい」という人もいて、議論は白熱するが、混迷度も増すばかりであった。

　ただほとんどの雑誌が、明らかに政官軍が望む方向性の議論に頁を割いていた。

　つまり、国際新秩序を打ち立てようとする帝国の政策は適者生存に則《のっと》った自然なものであり、統制経済は正しく、格差の拡大もまた自然の摂理という論調だ。


　大谷地少将はそれらの議論よりも、むしろ大山教授のことが気になった。件《くだん》の雑誌でも大山教授は巻頭言を一頁書いているだけで、ほかに彼の論文も寄稿もない。

　時流に乗ろうとして失敗したというか、時流に翻弄《ほんろう》されてしまったと言うべきか。彼の理論が本当に理解されているのかどうかさえ、いまとなってはわからない。

　ある意味で気の毒な人。それが、大谷地少将の大山評であった。

　ただ、彼の理論が――理解されたにせよ、曲解されたにせよ――世の流れを変えたことだけは、確かなのではなかろうか。

　そして大谷地少将の運命もまた、大山理論に翻弄されたのかもしれない。海軍軍拡は大山理論の影響であり、その軍拡の結果、自分は予備役ではなく現役にいられるからだ。

　彼は長いこと自分が予備役編入にならなかったのは、砲術学校時代の論文のおかげと思っていた。じっさいそう説明されてもいたし、それを疑う理由もなかった。

　だが違っていた。もちろんそれもあったのだが、それだけではなかったのだ。

　彼が予備役に編入されなかった最大の理由は、予定外の新型戦艦二隻の建造が決まったためだった。

　扶桑・山城は廃艦扱いになり、戦艦の数は変わらないが、その代わり空母の数が増えた。そうして主力艦クラスが増えるということは、護衛の艦艇も必要となり、結果として艦隊が増えることを意味する。

　海軍省人事局はその場合、大佐・中佐クラスの将校が足りなくなるという現実に直面した。

　いま現役の大佐・中佐は、八八艦隊計画に対応できるように海軍兵学校の生徒を増員した時代の卒業生である。

　その後、海兵の定員は減らされ、最近になって増員されたとはいえ、佐官クラスの不足は間違いない。だから、大谷地大佐を予備役にするような余裕はなかったのである。

　結果、いま少将として第一戦隊司令官の職にある。そしていま、山本五十六連合艦隊司令長官とこうして話し合っているのであった。

7

「慶事丸より、米艦隊と接触したとの一報が入りました」

　情報参謀の報告に、大谷地司令官は戦艦尾張の艦橋にある時計に目をやる。

「予定通りだな」

　戦艦コロラドとメリーランドの艦隊は、連合艦隊が予想していたよりも、ずっと小規模な編成だった。

　戦艦二隻は当然として、ほかは軽巡一隻に駆逐艦四隻、あとはタンカーが一隻。それが艦隊のすべてであった。タンカーを含めても八隻に過ぎない。

　そのあたりは、アメリカ政府内にも複数の意見が存在することのあらわれらしい。

　艦隊派遣でアメリカの海軍力を日本に対して見せつけ、日本の暴発を抑止するという意見があり、それが二戦艦の来航になった。

　だが一方で、こうした行為が挑発行為であり、日本を戦争に向かわせるという世論や政府関係者もいた。

　アメリカがいま傾注すべきは、ヨーロッパにおけるナチの台頭であり、それが片づくまではアジアで事を起こすべきではない。そうした意見もある。

　それらの意見の合成ベクトルが、戦艦は移動するが艦隊は小規模という形になったらしい。

　というか、そういう内情を日本人である大谷地司令官が知っていること自体が、背景の複雑さを物語っている。

「現状、慶事丸は米艦隊と距離一万で同航しています。速力は一四ノット」

「追い払われてはいないのだな？」

「客船ですから」

「なるほど」

じっさいのところ、米当局はこの二戦艦の来航艦隊について、力の誇示の一方で不測の事態を恐れてか、情報はかなり公開していた。

何時何分にどこを通過するというレベルで、航路も公開されている。だから慶事丸が艦隊と接触しようとすれば、それほど難しくはなかった。

じつは来航艦隊は、当初は東京湾に寄港し、日米親善の訪問をするという計画だった。

だがこれは、日本政府当局から「時局にふさわしくない」との理由で拒否されていた。確かに貿易の制限をかけてきた国から親善を言われても、日本政府としては国内世論的にもできないだろう。

そしてどうやらアメリカもまた、日本が寄港を拒否することは織り込み済みであったらしい。航路の発表は迅速だった。最初から寄港しない計画を立てていて、寄港が認められたら修正するつもりだったのだろう。

ただ、この一連のやりとりで、和平を望むアメリカ、拒絶した日本という構図が世界に印象づけられたのも事実であった。

そのためだろうか、慶事丸の計画は慌ただしく準備された。

慶事丸は海軍が資金を援助して建造された優秀

商船の一隻で、七〇〇〇トンクラスの客船であった。有事には仮装巡洋艦や高速輸送艦として改造されることが決まっている。しかし、いまはまだ客船である。

そして海軍筋からの働きかけで、旅行会社や船会社が協力し、国内外から観光客を呼び集めてツアーを計画した。「米、アジア来航艦隊見学ツアー」がそれである。

豪華客船での船旅を楽しみながら、外から米艦隊を見学する。それが旅行の趣旨である。

要するに海軍による艦隊の監視であるが、なまじ偵察機などを飛ばして、外交・軍事面でうるさいことになっても困る。

偵察機は、駄目と言っても戦艦の直上を飛行するかもしれず、そうなれば撃墜されるか、少なくとも発砲される可能性がある。そんな面倒ごとは日米ともに避けたい。

艦艇を出してエスコートするという方法もなくはない。だが、アメリカから「日本は和平を望んでいない」との構図を作られた日本としては、軍艦を派遣して監視するのも面白くない。

だから客船だ。外国人を含む物見遊山の観光客を満載した客船が、ぴったりと張りついていれば、アメリカ海軍としても迂闊《うかつ》な真似はできない。

あるいは、来航艦隊が慶事丸を振り払おうとするかもしれない。可能性としてはそれが一番高い。だが米艦隊も燃料のことがあるから、速力はそれほど上げられないし、鈍足《どんそく》のタンカーを捨てるような真似を客船の前ではさらせない。

さらに慶事丸は優秀商船なので、商船としては不経済だが最高速力は二四ノットまで出せるのだ。だからよほどのことがない限り、米艦隊は慶事丸を振り払うことはできないはずだった。

慶事丸の報告を受けつつ、戦艦紀伊と尾張、さらに護衛の軽巡と駆逐艦四隻は陣形を整えつつ、来航艦隊との接触に備えていた。指揮官は大谷地司令官である。

山本五十六連合艦隊司令長官が着任するまで、第一艦隊司令長官が連合艦隊司令長官を兼任することが普通だった。

世間で思われているほど、連合艦隊司令長官という職は必ずしも顕職ではなかったのだ。これは昭和八年頃まで、連合艦隊自体が常設のものではなかったことでもわかる。

そして、戦艦四隻を束ねる第一戦隊の司令官は、第一艦隊司令長官が兼ねるのが慣例となっていた。

簡単に言えば、日本海軍で最強の戦艦部隊の指揮官になれるのは、第一艦隊（や連合艦隊）の司令長官だけであったのだ。

その慣習を山本五十六連合艦隊司令長官はやめた。そもそも成文化されたものではなく、慣習であるから中止するのは難しいことではない。

もちろん、連合艦隊旗艦は戦艦尾張の作戦室に置かれていたが、山本長官は、連合艦隊司令長官が第一艦隊司令長官や第一戦隊司令官を兼任することを廃したのだ。

理由は単純で、連合艦隊司令部の機能が強化され、扱う案件が複雑多岐にわたるようになったためだ。

だから、独立した第一戦隊司令官という職が存在し、それは連合艦隊司令長官とも、やはり独立した第一艦隊司令長官とも違う。

そのかわり、この計画での采配は、すべて大谷地司令官の自由にできる反面、その行動の責任もまた自分が負うことになるのだ。

「艦長、清掃は終わっているな」

「甲板の上で飯が食えるほど清潔です」

「よろしい」

甲板の上で飯が食えるという言い方には驚いたが、気持ちはわかる。おそらく僚艦の紀伊もまた、甲板の上で飯が食えるほど磨かれているだろう。

これから自分たちの艦隊は、客船の前で米艦隊と触接する。ゆえに日本海軍の最新鋭艦は鏡のように磨かれていなければならぬ。

これには別の意味もある。米海軍は、まず間違いなく姿を現した紀伊と尾張の写真を撮影しようとするだろう。なぜなら、自分たちも米戦艦の姿を詳細に写真撮影すべく、準備を整えているからだ。

だから紀伊も尾張も艤装の一部に関しては、あえて母港に降ろしている。むろん主砲が四〇センチ砲なのは、すでに隠しようもないわけだが、航空兵装などは非公開だ。

ほかにも探照灯やアンテナ線など、いくつか戦闘に重要と思われるものについては、あえて降ろしたり外したりしているのだ。

そうしたものを写真から分析し、多くのことが読み取れるのは常識だ。アンテナの状態から通信能力を割り出すなど、写真分析の初歩だろう。

もう一つの重要性は、紀伊や尾張の能力を誇示することで、建造中の大和や武蔵の能力を相手にミスリードさせる含みもある。

それが四六センチ砲搭載艦ではなく、四〇センチ砲一〇門搭載の紀伊型戦艦の三番艦と四番艦と誤解させるという、命令そのものを公然と文書化できない命令も大谷地司令官は帯びていた。

「あと三〇分ほどで、左舷方向に米艦隊が確認できるはずです」

羅針艦橋にて、戦艦尾張の航海長が艦長その他に報告する。その場には、司令官としての大谷地少将と先任参謀がいた。

艦内編制としては、航海長は艦長に報告する立場であり、戦隊本部とは直接の関係はない。

とは言え、羅針艦橋という場を共有しているので、互いに会話はできるし、航海長の報告が艦長向けであっても、司令官も先任参謀も知ることはできる。

なにより大谷地司令官は、最近まで戦艦尾張の艦長だった人間だ。航海長を含め、当時の部下も少なくない。

もっとも大谷地司令官は、旗艦としての情報共有には問題も感じていた。彼が艦長時代には、まだ連合艦隊司令長官も山本五十六の前であり、演習などを行う時には情報伝達の悪さを感じることが多かった。

航空隊や潜水艦との連携などを行うにしても、司令部が知ってることを尾張は知らず、尾張の状況を必ずしも司令部は把握していないことも多かったからだ。

何か齟齬《そご》が起こると、艦橋と作戦室の間を電話や伝令が飛び交うことも希ではなかった。

公式に司令部と旗艦を含めて隷下《れいか》の部隊との間に、組織・制度としてきっちりとした情報の流れが定められればいいと思うのだが、いまのところそうした改善は行われていない。

改善が遅れている理由は、情報伝達のドタバタはあっても、演習はそれでも一応ちゃんと流れ、進んでいるためだ。ただ演習だからいいが、実戦ではこうしたドタバタは命取りになるのではないか。

艦隊旗艦の艦長だった大谷地少将としては、いまもその思いは強い。第一艦隊の研究会でも問題提起はしてきたが、ほかの将校の反応はいまいちだった。

一つには航空隊や潜水艦部隊との連携でのごたごたであって、戦艦中心の水上艦艇の演習では、艦橋での「場の共有」的情報伝達は特に問題がないからだ。

言い換えれば、日露戦争の戦い方なら問題はない。しかし大谷地少将は、それで航空機や潜水艦が重要な位置を占める昭和の海戦を戦えるのかと思うのだ。

とは言え、いまこの時は艦橋での「場の共有」で事は進んでいる。航空隊も潜水艦も周辺海域にはいない。

それこそ、米海軍には能力を知られてはならない戦力だからだ。それに、こんな場面に陸攻やら伊号潜水艦を登場させれば、「喧嘩売ってる」と言われても仕方がない。

「左舷前方に米艦隊！」

航海長の予測通りの位置とタイミングで、見張り員が米艦隊を発見する。

米艦隊と慶事丸から見れば、日本部隊は右舷前方に自分たちを横切るような針路で接近している恰好になる。

大谷地司令官は、そこで部隊の艦艇に対して面舵、つまり右方向への針路変更を命じた。

こうして戦艦尾張以下の艦艇は、米艦隊と同航する形となる。

「速力原速！」

大谷地司令官は艦隊の速力を原速まで下げさせる。

こうした日本艦隊の動きの意図を理解したのだろう。米艦隊は針路を維持したまま、速力を二〇ノット近くまで上昇させた。

大谷地司令官にとって意外だったのは、部隊の殿《しんがり》のタンカーが艦隊に遅れずに追躡《ついじょう》していることだった。

部隊のほかの将校で、それに気がついている人間は少ないようだが、大谷地司令官はその事実を見逃さない。

米艦隊が、少なくとも二〇ノットの速力を出せる高速タンカーをアジア艦隊に配備するということは、米艦隊がゲリラ戦を展開するような時、決定的な意味を持つ。

タンカーが自由自在に艦隊と行動をともにできるのだから、アジア艦隊は補給を気にせずに、つまり軍港に依存することなく、長期間の活動が可能となる。日本海軍にとっては非常に厄介な存在だ。

もしも目の前の艦艇を一隻だけ沈めてよいと言われたら、躊躇《ちゅうちょ》せずに高速タンカーと答えたいほどだ。米戦艦がいくら強力でも、燃料切れで動かなければ恐れるに足らないではないか。

意外なことは、もう一つあった。それはおそらく、米艦隊の指揮官もそうだっただろう。

艦隊の増速で置いてきぼりを喰らうはずの客船慶事丸が、米艦隊に対してそのままの位置を保ったまま、やはり追躡しているからだ。おそらくデッキの乗客たちは大喝采だろう。

慶事丸が有事には特設艦船として徴傭されるため、二四ノットまで出せることは、大谷地司令官は知っているが米艦隊の指揮官は知らないはず。

七〇〇〇トンクラスの客船で、二〇ノット以上出せる船が有事には徴傭され、準軍艦的に用いられることは、海軍将校ならすぐに理解するだろう。

このことは、米艦隊にとっては日本海軍の戦力に商船も加味しなければならない点で、脅威度の判定がかなり上方修正される可能性がある。それだけ彼らの行動に掣肘《せいちゅう》が加えられるだろう。

ただ、今回の計画で慶事丸が二〇ノット以上の速力を出して、米艦隊を追躡し続けることは想定されていない。

慶事丸に要求されていたのは、日本部隊が触接するまでの偵察行動だけだ。

だから慶事丸の行動は命令違反ではない。誰もそんな行動を禁じてはいない。ただ完全に予想外の行動ではある。

慶事丸の船長は、一度しか会ったことはないが我の強そうな予備海軍士官であった。予備海軍士官とは予備の海軍士官ではなく、予備海軍士官という存在である。

海兵出身者ではなく、多くは高等商船学校出身者で、基礎的な海軍の知識があり、船乗りとしては一流の技量を持つ。

ただし、将校ではなく予備海軍士官なので、兵科将校のように部隊に対する指揮権はない。有事には彼らが輸送や偵察、特設母艦の艦長など、後方支援の船舶の長として職に就くことになっている。

おそらく慶事丸の船長は、そうした予備海軍士官の矜持《きょうじ》として、あくまで米艦隊への追躡を続けたのではないか？

もしかすると米艦隊のタンカーの船長も、じつは同じような動機で、艦隊への追躡を続けたのか？

大谷地司令官は、そうしたタンカーや客船の行動を面白く思い、また考えさせられた。

米戦艦二隻も紀伊型戦艦も、互いに海軍戦力としては既知の存在だ。海軍戦力としての脅威度もわかる。

だが自分は、そしておそらく米艦隊の艦長も、互いの支援艦船の予想外の能力の高さを相手の海軍力の強さとして認識している。

自身は戦艦部隊の司令官でありながら、大谷地少将は、自分たちだけでは何もできないというある意味、当たり前のことを再認識していた。

「距離一万！」

日米の艦隊は、距離一万の間隔を置いて同航状態に入った。

そして、慶事丸はその日米艦隊の間に自らを置いた。すでに客船の甲板には、ほとんどすべての乗客が出ているのではないかと思うくらい、人が鈴なりになっている。

それはそうだろう。米艦隊見学ツアーなのに、日本海軍の最新鋭戦艦の雄姿も見学できるのだから。

すでに両艦隊は一四ノットに減速し、客船もそれにならっていた。

日米両艦隊は戦艦やほかの艦艇も主砲を最大の仰角で上にあげ、敵意がないことを示す。

大谷地司令官は礼砲を撃ち、歓迎のメッセージを光学信号機で伝える。それに対して国際慣習に則った返礼が米艦隊からもなされた。

「紳士だな」

大谷地司令官は、米艦隊の指揮官に対してそうした印象を持った。おそらく彼もまた、大谷地に対して同じ印象を持ったのではないか。

だが、同時に彼は切なくもあった。現状の国際情勢なら、我々はいつか互いに礼砲ではなく、主砲弾を交わさねばならないことを。それに対して自分はあまりにも無力だ。

日米艦隊の同航は台湾沖まで続いた。客船と日本部隊は米艦隊と別れると、そのまま高雄に入港した。

それからしばらく、慶事丸ツアーに感激した国内外の人々の手記が新聞や雑誌に踊った。太平洋にとって最後の平和な一時であった。

3章 スービック基地

1

日本海軍の第一特別機動部隊は昭和一六年一一月末には、すでに部隊の半数が台湾の高雄に集結していた。

残りの半数は佐世保に集結し、Xデーに合同して一つの部隊として活動する。

高雄に集結しているのは第一艦隊に属する第三航空戦隊で、装甲空母扶桑と装甲空母山城の二隻、それに睦月型駆逐艦の三日月と峯風型駆逐艦の夕風が付属する。

ほかに第六駆逐隊の特型駆逐艦の響、暁、雷《いかづち》、電《いなづま》の四隻が碇《いかり》を降ろしていた。

公式には三航戦の高雄入港は、高雄空と陸海航空隊の合同演習ということになっていた。

最新鋭の零式艦上戦闘機なら、高雄からフィリピンを攻撃できるのだが、どうも英米は日本がそんな戦闘機を開発できるとは露とも思っていないらしく、この点ではノーマーク状態であった。

入手した情報によると英米は、日本軍機の性能に関してイタリア軍機と同等と認識しているらしい。では、彼らがイタリア軍機をどう認識しているか、肝心の部分は不明だが、自分たちやドイツ軍機よりも性能が上と思っていないのは間違いない。

この時、第三航空戦隊の司令官は、装甲空母扶桑の艦長であった南郷少将だった。空母扶桑の艦長の後、一時的に赤レンガに勤務し、この一一月に昇進と同時に司令官の職に就いた。

同期よりも早い昇進と昇級かというと、必ずしもそうではない。早いほうなのは間違いないが、最速ではない。要するに部隊規模が拡大したことで、指揮官が足りない。そういう事情らしい。

部隊が急増された理由については、かつて自分も心酔していた大山教授の経済理論も大きな影響を与えたらしい。

海軍省あたりに行くと「多量生産（大量生産のこと）」などという言葉を普通に耳にしたし、少し前までは「国家独占資本主義」なる言葉も、もてはやされていた。

だが近年は、海軍でも経済と言えば、統制経済一色だ。理由は単純だ。欧州大戦でヨーロッパと、日華事変で中国と、国家間の対立でアメリカと、それぞれの貿易が縮小してしまったためだ。

貿易が縮小し、資源の入手が困難になれば、原料も生産財も統制するよりない。しかも、いまは大山理論の反動がきていた。

例えば海軍は出師《すいし》準備を進め、多くの水上艦艇や航空機を確保するに至った。だがそのためには、艦船を動かし、航空機を操縦する人間が必要だ。

それは海軍だけでなく、陸軍も同様である。結果として、生産人口から拡大した陸海軍部隊に人材を転用するしかない。兵隊は工場で量産ができないからだ。

そうなると、工業を支える生産人口が減る。日本列島の人口七〇〇〇万のうち、生産人口から一〇〇万単位で人間がいなくなれば、影響が出ないはずがない。

いままで景気のいい話をしていた反動からか、「工業生産はいま（昭和一六年）がピークだ」という悲観論さえ聞こえていた。

だから、南郷少将個人には昇進や昇級は嬉しいことだが、それを素直には喜べない背景があった。

事実上の資源封鎖を打開するために、南方の資源地帯を武力で占領し、長期持久体制を作る。その作戦準備のため、第一特別機動部隊は先鋒を務めることになる。

だが、巨大化した陸海軍に労働人口がとられ、それが生産力に影響しているという問題は、資源地帯の占領でも解決できないのではないか？　南郷司令官にはそんな懸念もあった。

もちろん、楽観的な意見はある。南方の資源を使って生産現場の機械化を進め、生産性を高めるなら生産人口の減少は補えるという意見である。

そんなにうまくいくのだろうか？　南郷司令官はそれも鵜呑みにはできないと思った。ただ、そうであってほしいのも確かだ。

「短期間で戦争を終わらせる。それしかないか」

戦争が終わり、部隊から人間が復員すれば、労働力問題は解決する。おそらく、それが一番現実的なのだろう。

ならば、いまある戦力で勝たねばならない。結論はそうなる。

そうして高雄での訓練を繰り返していた一二月二日、連合艦隊より一通の命令が届く。

「ニイタカヤマノボレ　一二〇八」

開戦が決まったという意味だ。

南郷司令官はその命令に、自分でも意外なほど冷静でいられた。

日米間の交渉は続いているらしいが、たぶん駄目だろうという諦観《ていかん》が海軍内には強い。三国同盟からこっち、仏印進駐からなにから日本がやる外交手段は、ことごとく裏目に出ている。

遡《さかのぼ》れば日華事変あたりから問題は始まっているのであり、それが昨日今日の交渉で解決するとは思えない。

そもそも日中間の紛争に端を発した問題が、日米間の話し合いで解決するはずがない。よしんば解決したとして、当事者の一人である中国は納得しないだろうし、ならば遅かれ早かれ話し合いは決裂だ。

だからニイタカヤマノボレという命令が届いた時、南郷にとっては、大きな流れには逆らえないことが確認されたに過ぎなかった。

そうして一二月三日、第三航空戦隊は駆逐艦七隻を伴い、高雄の港を後にする。公式には南部仏印の航空兵力の増強のため、航空機輸送を行うとなっている。

もちろん実際は違う。彼らはこの後、佐世保を出発した第一戦隊の戦艦紀伊・尾張を中心とする部隊と合流し、フィリピン沖に向かう。

目指すは米海軍のアジア艦隊拠点、スービック基地だ。そこに在泊する米戦艦コロラドとメリーランドに奇襲をかけて撃沈する。

そうすることで、フィリピンのアジア艦隊と米太平洋艦隊に日本列島が挟撃されるという事態を阻止するのだ。

失敗は許されない。もちろんそれはどんな軍事作戦でもそうなのだが、今回の空母によるスービック基地奇襲は、特にそうだった。

理由はシンガポールにある。先月になってシンガポールに、イギリス海軍の新鋭戦艦プリンス・オブ・ウェールズと巡洋戦艦レパルスが来航したのだ。英米の有力戦艦が四隻集まったことになる。

公式には、英米の戦艦が一つの艦隊に編入されることにはなっていない。戦艦プリンス・オブ・ウェールズや巡洋戦艦レパルスにしても、来航は一時的なもので、それがイギリスのアジア艦隊に配備されたわけではない。

だが、そのことはさほど重要ではない。重要なのはいま、まさにこの時期に英米戦艦四隻が揃ってしまったということだ。

英米以外のオランダやオーストラリアの艦艇も、いまは個別に行動しているが、日本軍の南方侵攻が実行されれば、連合した艦隊を編制するのは明らかだ。

戦艦プリンス・オブ・ウェールズや巡洋戦艦レパルスが来なければ、フィリピンの米戦艦だけを考えていればよかった。

しかし、イギリスの二戦艦の存在で、作戦の前提は大きく狂ってしまった。だが、それで南方侵攻作戦が中止や延期になるかと言えば、それはない。

この作戦計画を立案するために、陸海軍は一年近い時間を費やしてきた。すでに移動している部隊もある。

つまり南方侵攻計画は、敵地への侵攻前ではあるが、イギリス艦隊が来航するよりも前に、すでに動き出していたのだ。

もちろん、それでも中止という選択肢はある。だがメリットはない。いまだからこそ作戦は密かに進行し、奇襲攻撃ができる。

これが一度中止し、再度実行となれば、動員兵力の大きさから英米蘭の国々も気がつくだろうし、防備を固めるだろう。

それだけ作戦の成功は遠のく。したがって、延期するメリットは日本軍には認められない。

海軍視点では、政治的にも延期という選択肢はない。英米に対抗できる戦力として多額の国費を費やし、紀伊や尾張を就役させ、大和や武蔵を建造しているのだ。

ここで、イギリスの二戦艦が増えただけで作戦を延期するなど、少なくとも海軍の口からは言えない。建艦予算確保の根拠を、自ら封じるわけにはいかないのだ。

それでも作戦には修正が加えられている。第一特別機動部隊の戦艦と装甲空母が開戦劈頭《へきとう》に米戦艦を仕留め、その後、返す刀でシンガポールの英戦艦を撃破する。

つまり、英米戦艦の各個撃破だ。それが成功すれば、南方侵攻作戦は最小限度の作戦修正で実行できる。

本来であれば、長門・陸奥あたりの増援を試みるべきなのだろう。しかし、それはできない。

なぜならアジア艦隊など、海軍が考える戦闘の序曲に過ぎないからだ。本番は米太平洋艦隊との対決にある。長年日本海軍が想定してきた艦隊決戦だ。

残念ながら、四〇センチ搭載艦には四〇センチ砲搭載艦で当たらねばならず、それが現状では四隻しかないとなれば、すべてを南方侵攻作戦には投入できない。

したがって、紀伊・尾張の二隻ですべてを賄わなければならないのである。

こうして考えてみると、米太平洋艦隊の戦艦二隻のスービック基地への配備は、日本海軍の痛いところを突いた判断だった。

日本軍が南方侵攻を計画した時、常にこの二戦艦の存在が選択肢を狭めてきたからだ。

ある会議で、山本五十六連合艦隊司令長官が「いっそ、こちらから空母か何かで先に真珠湾の米艦隊を壊滅させたら、フィリピンの艦隊は後顧の憂いもなく始末できるのだが」と語ったことがあった。

それはもちろん戯《ざ》れ言《ごと》であり、本気ではない。山本長官をして、そんな戯れ言を言わせるほど、頭の痛い問題なのだ。

だが、真珠湾奇襲は戯れ言としても、空母による奇襲は戯れ言ではなかった。昭和一五年一一月のタラント奇襲が、山本長官にヒントを与えた。

タラント奇襲のように、空母部隊で停泊中の戦艦を攻撃することができれば、南方侵攻はアジア艦隊を怖れることなく作戦を進められる。

万が一にも手負いの戦艦が脱出してきたら、それに対して紀伊と尾張が引導を渡せばよい。

それが、山本五十六連合艦隊司令長官の立てた計画だった。

台湾・フィリピン間の航路や距離を考え、投入戦力は空母二隻が妥当とされ、その戦闘序列は装甲空母の扶桑・山城となった。

スービック基地に肉薄しなければならない以上、奇襲ではなく強襲の可能性もある。その時に敵襲に耐えられるのは装甲空母しかない。そういう理屈だ。

戦艦改装の装甲空母という名称からのイメージが先行し、実際はそんなに装甲されていないのであるが、確かに空母としては抗堪性は高い。

どういうわけか、加賀・赤城については装甲空母と呼ばれないのだが、それも空母としての扶桑・山城には、加賀・赤城にはない新機軸が投入されているためだろう。

それに装甲ということにこだわるなら、確かに加賀・赤城よりは装甲されている部分は多い。

ただ南郷司令官としては、敵地に肉薄するから装甲空母という理屈には疑問もないではない。

作戦には紀伊と尾張の二戦艦も参加する。そしてこの二戦艦は、扶桑・山城よりも前進配置につくのだ。

それは当然で、スービック基地より脱出してきた敵戦艦を仕留めるのが両戦艦の役割であり、それが空母と同じ位置まで後退していては話にならない。

さりとて空母が戦艦の位置まで前進するなら、

あえて航空機で奇襲をかける意味がない。水平線の彼方から攻撃できるのが、空母の利点ではないか？

扶桑・山城が肉薄するというのは、だから「空母にしては肉薄」というような意味でしかない。ただ、作戦がこのように不徹底な印象を与えることは、ある一点を了解すれば氷解する。

タラントの前例があるとはいえ、連合艦隊司令部内には航空機で戦艦を撃沈できるかどうかについて、依然として不信感がある。それがこの不自然な戦闘序列につながったのだ。

だから「撃ち漏らした時」に備えて戦艦が待機する必要がある。それも四〇センチ砲搭載艦と互角以上に戦える新鋭戦艦を。

とてもではないが、この布陣は「残敵掃討」レベルの戦力ではない。真正面からの艦隊戦を意識したものだ。

つまり、作戦としては「空母航空隊がスービック基地を奇襲し、敵戦艦を撃ち漏らした場合には戦艦部隊が始末する」となっているが、本音は「空母航空隊が奇襲することで、基地内の敵戦艦を外洋に誘い出し、戦艦部隊が始末する」ということだ。そうとしか思えない。

おそらくは、航空本部長を務めたこともある山本五十六連合艦隊司令長官は、空母による戦艦の撃破を信じているのだろうが、ほかの幕僚らは、そんなことは露ほども信じていないのだ。

だから作戦において、本音と建前を使い分けたのだろう。もっとも南郷司令官としては、幕僚らの態度を非難するつもりはないし、腹も立たない。

航空機で戦艦は沈まないというのは、海軍の常識と言ってよい。例えば、軍艦設計の天才とも呼ばれる平賀譲博士などは、「航空機で戦艦は沈まない」ことを数式を立てて「証明」してしまったほどだ。

だからと言って、南郷司令官はそうした戦艦対航空というような論争に加わるつもりはなかった。百の議論より一つの事実である。自分たちが作戦を成功させ、航空機の優位を示したならば、論争はおのずと決着する。

「大谷地司令官には、無駄足を踏ませることになりそうだな」

南郷司令官はそう思った。それだけ彼は部下を信用していたからだ。

2

大谷地司令官は少将のままであったが、軍隊区分により第一戦隊の戦艦二隻のほかに、第八戦隊の利根・筑摩、第一水雷戦隊の軽巡阿武隈と第一七駆逐隊を隷下にしたがえていた。

彼が少将のまま部隊の指揮を任せられたのは、人事的な問題や太平洋艦隊への備えなどいくつもの要因があった。

作戦面では、彼をこの作戦のためだけに中将に昇進させるのは不適当という意味合いと、彼を艦隊司令長官に補すことにより、英米に作戦意図を知られることを避けるという意味があった。

最新鋭艦の戦隊司令官が、そのまま艦隊司令長官になったとなれば、英米にはそれだけで日本軍の開戦意図を読まれかねない。

同時に、司令官を「艦隊司令長官代行」のような立場につけることには、日本海軍のある意図があった。

それは、この南方侵攻の第一段作戦を短期間で終わらせるという意図である。一時的なものであるから、軍隊区分でこうした戦闘序列も許される。

言い換えれば、司令官に司令長官代行のようなことを、長期間続けさせる意図は海軍にはない。もしもそんなことが必要な事態になったならば、作戦は失敗したと考えるべきだろう。

「左舷後方より、第三航空戦隊！」

見張り員の報告は、おおむね予定通りの方位と時間で行われた。これから第一特別機動部隊は南シナ海を南下しつつ、七日になったら東進し、スービック基地攻撃の部署につく。

第三航空戦隊と第一戦隊ほかの本隊とが分離するのは、航空隊出撃準備が始まってからだ。

それは、針路上に第一戦隊の二戦艦の障害になるような存在がないことを確認する意味もある。

空母部隊の第一次攻撃隊が基地を奇襲し、それで米戦艦が沈めばよし。そうでなければ、基地から脱出したところを紀伊と尾張が攻撃する。

「どれくらいの戦果だと思う？」

大谷地司令官の問いに、先任参謀の白石中佐は即答した。

「撃沈は無理でしょうが、損傷を与えることは可能でしょう。航空魚雷や爆弾で敵戦艦の能力を半減できれば、残敵掃討は容易だと思います」

「戦艦の数では同等だが、能力では二対一の戦いか」

「そのあたりが妥当なところでは。昔と違って、いまは航空機の性能も向上しています。戦艦を撃沈できないまでも、深手を負わせることは可能かもしれません」

「なるほどな」

大谷地司令官は、白石先任参謀の意見を妥当なものと思った。砲術屋としては、爆弾で装甲を貫通できるかには疑問があった。砲弾の速度と爆弾の速度は違うからだ。

三〇〇〇メートルから爆弾を落下した時、爆弾の速度はざっと毎秒二四〇メートル。対するに射程三万の四〇センチ砲の砲弾の弾着時の速度はその倍だ。運動量で二倍、運動エネルギーで四倍の違いがある。

だから爆弾による戦艦の損傷は、限定的なものだろう。鍵を握るのは航空魚雷の威力だ。航空機に搭載できる魚雷だから、弾頭威力なども駆逐艦のそれよりは劣る。

だが、他国の航空魚雷よりも弾頭重量は大きいという話も耳にしている。それがどの程度の信憑性かは、大谷地司令官にもわからない。

とは言え、開発者も主力艦撃破を考えずに開発はしないだろう。開発側の予測と現実がどの程度の一致を見るかはわからないが、期待するなら航空魚雷だ。

「そう言えば、三航戦の航空魚雷は新型らしいですね」

白石先任参謀が、そんな情報を大谷地司令官に開示してくれる。

「小耳に挟んだ程度で、どの程度の信憑性かは存じませんが、今度の航空魚雷は浅深度用だそうです」

「浅深度用？」

「港湾などの浅い海でも使用できる特別な魚雷とか」

「どうして先任が、そんな話を知っているのだ？」

「呉海軍工廠の魚雷部に知り合いがいて、そんなことを話していたので。

まぁ、正確には浅深度に対する雷撃の難しさで、それがようやく解決できそうという話でした。奴もそれ以上のことは口にしませんが、時局を考えれば……」

「まぁ、三航戦しかないか」

利根・筑摩からは、すでに哨戒機が前方の警戒にあたっている。潜水艦による事前の調査では、フィリピン周辺の航空哨戒の密度は高くない。

じっさい戦艦コロラドとメリーランドこそ配備されているが、ほかの有力軍艦については入れ替わりはあれど、ほとんど変化していない。

それは、米海軍内部にもフィリピンのアジア艦隊の対応について意見の相違があるためらしい。

アジアで日本海軍を牽制するのに効果があるとの積極的な評価がある一方で、米太平洋艦隊の主力艦が各個撃破される、あるいはアジアでの武力衝突が本国をも巻き込む全面戦争に拡大しかねないという意見もあるらしい。

米海軍中央にも、アジア艦隊の効用は認めつつも、フィリピンの二大戦艦を維持するためのコストについては頭の痛い問題との意見がある。

抑止力全般に言えることだが、何も起こらないものに対してコストをかけることへの理解は得られにくい。

アメリカ海軍の対日作戦はオレンジ計画と呼ばれていた。その内容も日本海軍は、ある程度は把握している。

オレンジ計画の内容そのものは単純だった。真珠湾から（西海岸からという時代もあった）出撃した太平洋艦隊は日本艦隊と戦い、これを降《くだ》した後、日本列島の海上輸送路を遮断し、日本を降伏させる。

一言でいえば単純なこの作戦は、それ以上の細目は不明だった。それは米海軍でも意見がまとまらないためらしい。

あえて補給のことは考えず、ともかく部隊が機動力で太平洋を渡り、短期間でケリをつけるという案。それとは別に、拠点を一つ一つ整備しながら日本列島に接近した後に、艦隊決戦を挑むという案。

前者は言うまでもなく、補給や艦船の造修という点でリスクが高すぎる。補給の弱さを突かれれば、太平洋艦隊は大打撃を被りかねない。

逆に後者は、堅実だが時間がかかりすぎる。少なく見積もっても二年や三年はかかるだろう。そこまで世論の支持が得られるか、政治的なリスクもある。

オレンジ計画にかかわるこの二つの議論に、じつはフィリピンのアジア艦隊の存在も大きく影響しているらしい。

つまり、フィリピンに艦隊がある限り、米太平洋艦隊は超特急で日本に向かわねばならない。時間をかけていれば、劣勢のアジア艦隊は日本に撃破されてしまうからだ。

こうした事実から、「アジア艦隊人質論」というものが唱えられているという。

米太平洋艦隊の選択肢を考えるなら、アジア艦隊の存在は、米太平洋艦隊に投機的な作戦を強いるという意見だ。補給の裏付けのない、博打《ばくち》のような作戦「だけを」太平洋艦隊に強いるのは問題というわけだ。

もちろんこれへの反論もあり、アジア艦隊の二戦艦の存在が日本の行動に大きく掣肘を加えており、維持する価値はあるという意見である。

日本海軍にとって——入手した情報の範囲内でだが——意外であり、興味深いのは、米海軍がイギリスとの連携という選択肢をほとんど検討してこなかった点だ。

じっさいシンガポールの戦艦プリンス・オブ・ウェールズと巡洋戦艦レパルスの来航にしても、米海軍は事前になんの相談も受けていなかったらしい。

これは日本が南進を計画している諸地域で、アメリカとイギリス・オランダの植民地に対する思惑の違いが大きいためと分析されていた。

植民地を排してアジア全域を自由貿易市場にすべきと唱えるアメリカの存在は、イギリス・オランダなどの植民地宗主国に警戒感を抱かせるに十分だった。

イギリスやオランダの対日関係悪化は、別に日本と戦争がしたいがための悪化ではない。基本的に植民地防衛施策の結果によるものだ。

だからイギリス・オランダとしては、対日策としてアメリカに過度に依存することで、植民地独立というような事態は避けたかった。

こういう事情からアメリカは、当面は外国をあてにできず、アジア艦隊の処遇についても明確な方針は定まっていなかった。

だからコロラドとメリーランドがスービック基地に来航した時と、基本的な戦力は変わっていないのだ。

じつを言えば大谷地司令官が懸念しているのは、アメリカ艦隊よりもシンガポールのZ艦隊だった。

今回の作戦で第一特別機動部隊に期待されているのは、電光石火でアメリカ艦隊を降し、返す刀でシンガポールのイギリス艦隊も撃破するというものだ。

アメリカ艦隊には奇襲となるが、イギリスのZ艦隊には強襲となる。つまり、奇襲は宣戦布告と同時の攻撃だが、Z艦隊との戦いは宣戦布告後の戦いだ。

自分たちとZ艦隊が正面から戦えば、自分たちが勝つだろう。その自信はある。

だが、同じ状況認識からZ艦隊が我々との海戦を避け続け、ゲリラ戦に徹したらどうなるか？ やはり作戦は大きく影響を受けることになる。

「時間との勝負だ」

そして、同時に大谷地司令官は思う。どうして軍令部は、こうも時間的に余裕のない作戦ばかりを立案するのかと。

3

一二月七日の朝も昼もなにごともなく過ぎ去り、夜になる。戦艦部隊と空母部隊はここで分離した。

空母部隊はスービック基地の西方一五〇キロに、戦艦部隊はスービック湾の南西六〇キロの海域に待機することになっていた。

スービック湾から戦艦が脱出した場合、北に向かえば日本軍の拠点のある台湾に近くなる。

台湾からもフィリピン攻撃のための航空隊が出撃する計画なので、北に向かうことはまずない。

ちなみに派手と言えば、第三航空戦隊の米艦隊奇襲は派手なのだが、航空戦力全体で言えば、高雄に集結した基地航空隊のほうが大規模であった。

基地航空隊はマニラをはじめとする枢要な施設破壊により、以降の作戦を円滑化させるのが役目。

この点で、主力艦二隻に攻撃目標を絞った第三航空戦隊とは目的が違っていた。ただ高雄の航空隊のおかげで、米海軍側には空母の所在がわからなくなるという利点はある。

一方で基地航空隊は、二大戦艦の撃破に頭を悩まさずにすむ。爆弾の命中精度では艦爆に分があるし、浅深度魚雷は生産数の関係で三航戦にある分ですべてだった。

そうした意味では、空母航空隊と基地航空隊は、互いの作戦目的が相補的と言えた。

第八戦隊は利根と筑摩に分かれ、利根が第三航空戦隊と行動をともにしていた。筑摩は第一戦隊と一緒である。

時間となり、まず利根から四機の水偵が発艦する。すでにマレー半島では戦端が開かれていた。

水偵の任務は、スービック基地と周辺海域の状況を探るためだ。この内容は高雄の航空隊でも傍受されていた。

そして、計算外の出来事がそこで起きていた。マニラの天候がよくないのだ。スービック基地等は攻撃可能ではあるものの、マニラの天候は航空攻撃をするには難しかった。

ただ三航戦にとっては、マニラの天候よりもスービック基地の天候こそが重要だ。快晴ではないが攻撃は可能だ。

戦艦二隻は港内に在泊している。水偵はそれを打電する。そして、クラーク基地ほかの要衝の偵察に向かった。

4

戦艦コロラドのリンゼイ大佐は、後に前夜に出した一つの命令で自分の運命は救われたのだと考えていた。

日米関係が緊迫し、戦争は避けられそうにない。それは、スービック基地の人間にとっては重い現実だった。

日本海軍からは最大級の脅威と目されている戦艦コロラドとメリーランドであるが、当の本人たちはまた別の考えを抱いている。

戦争になれば、自分たちも最大限の働きをすることに躊躇《ためら》いはない。だが、パールハーバーはフイリピンより遥かに遠い。

いざ戦争になれば、自分たちの救援に米太平洋艦隊が間に合うことは期待できないだろう。

彼らの奮戦で日本海軍の艦隊戦力が疲弊し、艦隊決戦で太平洋艦隊が勝利することには意味はある。しかしその時点で、彼らはその戦場にはいない。祖国への忠誠心に嘘はないつもりだが、戦争になれば死ぬだろうという暗い予測は、部隊の士気にあまりよい影響を与えていなかった。

特に問題となったのは「日米開戦に備え、コロラドとメリーランドはパールハーバーに戻される」というデマが、基地内に拡散したことだった。

少なくともデマには三パターンがあり、どうやら同時多発的に生まれたものらしい。それだけ事態が深刻ということだ。


アジア艦隊司令官は全部隊に、それがデマであることや、デマに惑わされないことを訴えたが、効果のほどは疑わしい。

そうした状況のさなか、彼は事態に前向きに向かい合おうと考えた。メリーランドの幹部たちとも話し合い、有事の場合にはパールハーバーまで脱出する方策も検討した。

これは本気半分、嘘半分の検討会だった。ようするに戦争＝死ではないことを、乗員たちに認識させるのが主目的だ。

メリーランドの空気はわからないが、戦艦コロラドでは悲観的な空気はかなり改善されたという手応えがあった。

そして問題の日、彼は通信科の人間に切れ目のない通信傍受を命じた。東シナ海からインド洋にかけるエリア内のどこかで異変が起きたら、すぐに報告せよ。

彼がそう命じたのは、日本軍が米国ではなく、イギリスとオランダとのみ戦端を開く可能性からだ。マレー半島と蘭印の油田地帯だけを確保し、アメリカとは開戦しない。その可能性も無視できない。

そうなると、イギリスはアジアとヨーロッパの両方に戦線を開くことになる。スエズ運河を日独両軍で挟撃するという悪夢のような想定も起こり得る。

そのような事態に即応するためにも、彼は通信傍受を命じていたのだ。それに合わせて、艦長室の時計の一つも日本時間に合わせてある。事が起こるとしたら、日本時間で動くであろうから。

日本時間で一二月八日を過ぎた頃、彼は通信科からの電話で起こされた。

「艦長、日本軍が動き出したようです。マレー半島に上陸した模様です」

「マレー半島に！　やはりイギリス領か」

仮眠をとっていたリンゼイ艦長は、躊躇った後に総員起こしを命じた。マレー半島への日本軍上陸が、すぐさま自分たちへの攻撃を意味するものではない。フィリピンを避けて行く可能性も少なからずある。

じつを言えば、アメリカ政府もアジアでイギリスが日本と戦争状態に陥った場合の部隊移動を含んだ支援について、政府間では約束されていた。

ただ、だからと言って日米が開戦とはいかない。アメリカ領が攻撃されたというのならまだしも、イギリス領への攻撃でアメリカ軍が動くことには抵抗も大きい。

それにアメリカ合衆国において開戦を決定するのは誰か？　言い換えれば、大統領にその権限があるのかという厄介な問題を呼び起こしかねない。

だがそれも時間が解決する類のハードルであり、遅かれ早かれイギリスが攻撃されれば米軍は動く。

あるいは、日本軍牽制のために部隊を動かすことも十分に考えられた。

「先ほど日本軍がイギリス領マレー半島に侵攻したという報告があった。あくまでもイギリス領であり、このことがただちに日米戦争を意味するものではない。

しかしながら、アジア情勢の緊張度が一気に高まったのは間違いない。

正式な命令は米太平洋艦隊司令部からなされるだろうが、諸君らは状況が明らかになるまで、いつでも戦えるよう、心がけてもらいたい」

それは艦内放送で流された。そして、戦艦コロラドのリンゼイ艦長はこの時、僚艦のメリーランドとはあえて連絡はとらなかった。

時間的に深夜であるのと、メリーランドはメリーランドでなにがしかの采配が振るわれているだろうという考えからだ。

それにリンゼイ艦長も、自分の対応が神経質すぎるかもしれないという自覚はある。それに僚艦まで巻き込むことはあるまい。

だが数時間後、そんなことを言っていられない事態に遭遇する。

「艦長、レーダーが国籍不明機を捉えました。四機が西方からこちらに向かってきます」

「四機？　間違いないか」

「間違いありません」

リンゼイ艦長は、それを自身の目で確認すべく、レーダー室に向かった。ＰＰＩスコープには航空機がスービック基地やマニラに向かって飛んでいるのが確認できた。

ただそれが、友軍かどうかがわからない。

陸軍航空隊に照会している時に、問題の一機が自分たちの上空を通過した。国籍は不明だ。しかし、状況から日本軍の可能性は高い。

そして、レーダーは六〇機あまりの大編隊が自分たちに向かっているのを捉えていた。彼はすぐに艦隊司令部に電話を入れる一方で、汽笛を鳴らし、異変を周辺の艦艇に伝える。

その間に総員戦闘配置で、各対空火器には人員がついていた。

「航海長、外洋に出るぞ！」

彼もまた山本五十六連合艦隊司令長官と同様に、タラント奇襲のことを思い出していた。

日本軍があれの再現を試みるなら、港内にとどまるのは危険過ぎる。幸いにも戦艦コロラドは罐の火を落としていない。艦長の命令とともに、すぐに航行可能であった。

不運なのは戦艦メリーランドだった。リンゼイ艦長が後に後悔するのだが、意外にもメリーランドは、日本軍のマレー半島侵攻も知らなければ、敵襲に対する備えをまったくしていなかった。

なにより罐の火を完全に落としていたため、コロラドの警告を聞いても、それが外洋に向かおうとしていても、すぐには何もできなかった。

補機による発電で、艦内の機器は動くとしても主機が動かねば戦艦は進めない。そして、その最中に第三航空戦隊の戦爆連合が突入した。

5

この時、スービック基地の視界は必ずしも良好とは言えなかった。だが、そのことが第一次攻撃隊の攻撃を躊躇わさせることはなかった。

隊長機は、まず艦爆隊に攻撃を命じた。二〇機の九九式艦爆がそれぞれ戦艦へと翼を翻《ひるがえ》す。

ここで戦艦メリーランドとコロラドの運命は大きく変わって行く。

戦艦コロラドは、この時点で軍港の外に抜けることに成功していた。そして艦の対空火器は、敵襲に備えていた。

艦爆隊の指揮官は、この時点では戦艦コロラドを「逃げ足の速い奴」くらいにしか思っていなかった。だから戦艦の対空火器を甘く見ていた。

次々と降下する九九式艦爆に対して、激しい対空火器の応酬が続く。これにより第一波の爆撃は至近距離だが、すべて外れてしまい、さらに撃墜機が一機出た。

それでも第二波の攻撃では命中弾が出た。それは戦艦コロラドの艦載機を破壊したのだが、それが攻撃には裏目に出る。

燃料を満載していたのか、カタパルト周辺で火災が広がり、戦艦は黒煙に包まれた。そのため第三波の艦爆の攻撃はすべて失敗した。

対照的なのは戦艦メリーランドだった。戦艦メリーランドは戦闘配置につくべく乗員たちは動いていたが、三航戦が殺到した時点ではなんの準備もできていなかった。

無防備な戦艦に対して艦爆隊が攻撃を仕掛け、命中率七〇パーセントという驚異的なスコアを叩きだし、爆弾の一部は甲板を突き破って艦内で爆発した。

罐の火を落としていた戦艦メリーランドは、この状況では脱出もできなかった。さらに艦爆隊の攻撃で火災が起こり、対空戦闘はそれだけ遅れてしまう。

つぎに艦攻隊が突入した。新兵器である浅深度魚雷を装備した艦攻隊を阻止するものはいない。

この時の雷撃隊は艦攻九機だったが、これも七〇パーセント以上の命中率で戦艦を直撃する。これが決定打となり、戦艦メリーランドは急激に浸水し、傾斜していった。

残存の艦攻や艦爆は、軍港内の巡洋艦に攻撃の矛先を向ける。戦艦コロラドではなく重巡を狙った理由は、それが湾外への脱出を目論んでいるように見えたからだ。

第二次攻撃隊もあり、第一戦隊もある。軍港外に逃げた戦艦コロラドより、いまは確実に仕留められる軍艦を狙うべきという判断だった。

この時の判断について、評価はいくつもある。判断を適切と思うもの、あるいはコロラドを狙うべきと考えるもの。

だが全体状況を考えるなら、この判断は、この時点のものとしては適切だった。リンゼイ大佐が陸軍航空隊に警告を出していたこともあって、周辺の航空基地の関心がマニラではなくスービック基地に集中していたからだ。

米陸軍航空隊は、台湾の陸上基地からの攻撃を警戒していた。だが、当の高雄ではマニラ上空の天候悪化のため、出撃を見合わせていた。

日華事変での渡洋爆撃はすでに知られていたが、それでも米陸軍などの日本陸海軍航空隊への認識は低かった。

空母部隊がスービック基地を襲撃し、高雄から飛行機が飛んでこないことを、彼らは天候ではなく、航空機の能力が原因だと解釈してしまった。

台湾からフィリピンまでは飛べないから、空母で攻撃してきた。偏見とはまことに恐ろしいもので、彼らはそう考えたのだ。

フィリピンにはB17の航空隊が進出していたが、彼らは必ずしも洋上航法の訓練を十分には受けていなかった。

さらに日本軍の攻撃による混乱もあり、海軍航空隊が敵空母を発見したら、大挙して爆撃することを決めた。

そうして地上待機をしている時に、マニラ方面の天候は回復した。そして、高雄空がフィリピンの主要な航空基地を襲撃し、B17の大半を地上破壊することに成功した。

それもこれも、第一次攻撃隊がスービック基地内の破壊を優先したためだ。これにより攻撃隊の主力がそちらだと、米軍側に誤認させる結果となった。

第一次攻撃隊の総隊長としては、戦艦メリーランドを撃沈したことに満足していた。航空機で戦艦を撃沈できるのか？　積年の論争にいま決着がついた。

戦艦コロラドはほとんど無傷であるが、それは第二次攻撃隊により決着がつくだろう。この時、総隊長はそれをまったく疑わなかった。

6

「敵空母部隊は、スービック基地西方に展開していると思われる」

戦艦コロラドは自身のレーダにより捕捉された敵航空隊の動きを、艦隊司令部や通信基地に伝達していた。それをすぐに陸軍航空隊に伝達するよう、意見を添えて。

いま日本艦隊を攻撃できる戦力を持つのは、米陸軍航空隊だけだからだ。B17の性能のほどはわからないが、空母を無力化する能力はあるはずだ。

そしてその間に戦艦コロラドは南西に向かっていた。北方に向かえば台湾があり、そこは日本の勢力圏。

ミンダナオ島に向かうか、シンガポールのイギリス艦隊と合流できるようにするか、そこまでは決めていなかった。

それよりも、いまは戦艦コロラドの安全を図ること、それが優先された。針路などいつでも決められる。

「敵の第二波が接近しています」

「友軍の迎撃隊が接近中！」

レーダー室からは電話で頻繁に情報がもたらさ

れる。

陸軍航空隊には、日本軍の第二波の攻撃隊が接近中であることが伝わっていたようだ。これで唯一、気がかりだったことが解決された。

ただアジア艦隊司令部からの命令は、いまだにない。いまさらだが、厳密に言えば自分たちは敵前逃亡と言えなくはない。

しかし、それは無意味な議論だろう。あのままとどまり、むざむざ戦艦コロラドを失うなど馬鹿げている。

たとえ戦艦コロラド一隻でも、これがほぼ無傷である限り、日本軍の攻勢に対して掣肘《せいちゅう》を加えることができる。

正面から戦うのは無謀でも、輸送船団を襲撃して補給を途絶させるなど、戦い方はいくらでもあるのだ。

「友軍戦闘機隊、敵部隊と接触しました！」

レーダー手は興奮気味にそれを伝えてきた。彼の考えがリンゼイ大佐にはわかる。備えをせずにいて、奇襲に遭ったからこそ遅れをとったが、奇襲が強襲になれば日本軍の航空隊など、米軍航空隊の前には鎧袖一触《がいしゅういっしょく》だと。

だがリンゼイ艦長は、それほど話はうまくいかないだろうと思っていた。日本軍の技量がそこまで低いなら、戦艦メリーランドはいまも健在であったはずだ。

奇襲だろうがなんだろうが、メリーランドは日本海軍航空隊により撃沈されてしまったのだ。

リンゼイ艦長は、レーダー室に行こうという気持ちをかろうじて抑え続けていた。彼としては、この場で全体の指揮をとる責任がある。

とりあえずはスービック基地より南下し、安全な海域まで下がろうとしたが、実際は一〇キロかその程度しか下がらなかった。

迎撃戦が成功したら、今度は基地を守るために戦艦コロラドが必要だ。

それと、スービック基地より脱出したのはコロラドだけではなかった。巡洋艦は撃沈されたが、多数の駆逐艦が脱出を成功させていた。

そのため、戦艦コロラドを守るよう輪形陣を編成することに、リンゼイ艦長は傾注していたのである。

予想外の報告が届いたのは、迎撃戦闘が始まって三〇分後であった。

「友軍航空隊が全滅しました。日本軍航空隊は、なおスービック基地に向けて前進中」

状況が信じられないというレーダー手の気持ちが、電話口からも伝わってきた。間違いないのか、とは尋ねなかった。

こんな重要な、死生に関することを間違える人間はいない。この信じられない事実を、誰よりも確認したのは彼なのだ。

ただ敵航空隊が勝ったとして、どの程度の能力を持っているのか？　それをリンゼイ艦長は知りたかったが、そこまではレーダーでもわかるまい。

敵は退却せず前進している点で、状況を推測するよりない。そしてようやく、戦艦コロラドに対して上からの命令が届く。

それは米太平洋艦隊司令部からで、まず状況の報告を求めるものだった。どうやらアジア艦隊司令部は壊滅したのか、太平洋艦隊司令部と連絡がつかない状況にあるらしい。

ただそれはリンゼイ艦長の推測であり、太平洋艦隊司令部から直接の説明はなかった。

状況を暗号文で送ると、すぐに返信が届いた。それは命令であって、命令でないようなものであった。

「別命あるまで日本軍との接触を避け、艦隊戦力を温存せよ。なお別命あるまで、貴官をアジア艦隊司令官代行に任ずる」

彼の隷下にいる駆逐艦は一〇隻だった。この一〇隻と戦艦コロラドが、現状で確認されている米アジア艦隊の全戦力だ。

もっとも、いま現在も外洋に出ている艦船もあり、それらも集結すれば、陣容は整えられるだろうが。

そうした考えは、米太平洋艦隊も同じだったのだろう。すぐに追加の命令が届く。

「航空機輸送船テンペストと邂逅《かいこう》せよ」

文章は短いが意図は明快だった。

「テンペストか……」

航空機輸送船と書かれているし、じっさいそういう用途で使われるが、それは世界最小で、もっとも単純な空母でもあった。

米アジア艦隊の航空戦力を補強するために開発された船である。艦種としては輸送船扱いだが、陸上機の離発着ができるので、水上機母艦よりは艦隊の目としては使いやすい。

これで日本の空母と戦うのは自殺行為だが、敵情を知るには、そして自分たちが生き残るには不それが、リンゼイ大佐にいまできる最大限のことだった。


可欠な存在となるだろう。

戦艦コロラドは再び動き出す。そして、またもレーダー室からの報告が入る。

電話の声は先ほどのレーダー手とは違った。室長が直接出たのだ。どうも精神的ショックのため、レーダー手を交替させたらしい。

「三〇マイル（約四八キロ）先に、戦艦クラスの大型軍艦が二隻、さらに護衛艦艇が数隻、待機しています」

「我々を待ち伏せていたのか」

航空機で追いだして戦艦で仕留める。レーダーがなければ、うまうまと日本軍の計略にはまるところだった。

「針路変更、敵戦艦部隊に無駄足を踏ませてやれ！」

4章 航空機輸送船テンペスト

1

「西に向かう」

航空機輸送船テンペストのカーチス中佐は、バイデン船長にそう命じた。

「香港には向かわないんで？」

「向かわないというより、向かえないだ。現在位置から北上すれば、台湾からの敵航空隊に発見されかねん。香港が安全かどうかもわからんぞ」

「確かに」

バイデン船長は、それで納得したようだ。

すぐに航空機輸送船テンペストは針路を西に、それも可能な限り航路帯から外れたところに船を向かわせる。

「通信長、アジア艦隊と米太平洋艦隊司令部に現状報告と次の行動の指示を仰いでくれ。どちらか連絡のあるほうで構わん」

カーチス中佐は船橋から通信室に電話を入れる。

航空機輸送船テンペストは、船の運航にかかわる部分は船長も含め、固有船員が横滑りしているが、通信と航空だけは海軍の人間が担当していた。それがカーチス中佐の直接の部下たちだ。

「指揮官、我々の針路については？」

「船の安全を確保するために適宜変更するが、当面は西に向かうとしておけ」

「わかりました」

テンペスト船内の空気は微妙だ。日本軍にスービック基地を襲撃されたことに怒り心頭の海軍軍人たちと、それはそれとして、生き残りたい船員たちと。

船員たちの気持ちも理解できなくはない。この周辺には敵部隊がおり、それは自分たちを撃破できる。対して自分たちには武器はない。

艦載機は飛ばせるかもしれない。しかし、テンペスト自身には機関銃一丁の武装もない。基本的に商船扱いなので固有兵装はないのだ。

また大量の石油を搭載しているので、火気厳禁という部分も非武装の理由だ。

護衛の艦艇でもいれば別だが、敵前で単独行動をとるにはあまりにも脆弱《ぜいじゃく》なのが、この航空機輸送船テンペストにほかならない。

船員たちに愛国心があることはわかっている。同時に、石油タンクの上に乗って敵の真ん前に出るような愚行をしたくないのも理解できるし、それは矛盾した感情ではない。

ただ船員たちは、怒りに燃える軍人たちが暴走することを恐れているようだった。それが船内の微妙な温度差を作り出す。

「指揮官は、敵と戦おうとは思わないんで?」

バイデン船長が、いまの会話を聞いたためか尋ねてくる。

「戦うって、どうやって？　使えそうと言えば、SBD急降下爆撃機が四機だけだよ。こいつでできるのは、せいぜい独航船への攻撃くらいだ。それよりも偵察に使うほうが良識ってもんじゃないか」

「日本軍に一矢《いっし》を報いなくてもいいんで？」

「よくはないさ。一矢を報いなければならんだろう。というより、日米間は戦争になったんだ。勝たなきゃならん。

ほかの艦隊はいざ知らず、我々の艦隊は負けたら、それは死を意味することになる。そうだろう。スービック基地が襲撃されたなら、マニラやコレヒドール要塞も攻撃されたはずだ」

「コレヒドール要塞を日本軍が陥落させられますかね」

「それはわからん。守り抜くことも考えられなくはない。だが、要塞が健在ということは、マニラ湾は戦場になる。艦艇の基地としては使えない。

わかるかね？　我々には、いま基地として使える拠点がない。どこかに建設できるかもしれないが、それを現時点で期待できない。

となれば、我々はなんとしてでもパールハーバーまで戻らねばならんのだよ」

「フィリピンを捨てるってことですか」

「捨てはしないが撤退はする。捲土重来《けんどちょうらい》、フィリピン奪還は後からでもできる。そのためにも、残存戦力は生き延びなければならん。その鍵は我々にある」

「我々に？　中国向けの機体を含めて一二機しか搭載していない、この空母もどきが、アジア艦隊の運命を握っているとでも？」

「おいおい、君はテンペストの船長じゃないか。

空母もどきなんて悲しいことを言ってくれるなよ。戦争が終わったら、契約通り現状復帰で返すんだからさ。

それにだ、君は大事なことを忘れている。テンペストはもともとタンカーなんだ。いまだって航空機燃料だけでなく、艦艇用の燃料も満載している。どっちも中国向けの支援物資だが、この際それはいいだろう。

拠点となる基地が使えないなら、アジア艦隊の残存艦艇にとって、テンペストの燃料こそ命の綱なんだよ。

だからこそ、我々は死ぬわけにはいかないんだ。目の前を日本軍の船舶が通過しても、笑って見送らねばならんのさ。我々が生き残らねば、友軍部隊はパールハーバーに戻れないのだからな」

「そこまで考えていらしたんですか」

「だから指揮官なんだよ、私はな」

2

航空機輸送船テンペストは、八〇〇〇トンクラスのタンカーを改造した船だった。だから航空機だけでなく燃料輸送も行えた。

全長一五〇メートルの飛行甲板もあり、カタパルトも小型だが装備されている。船橋手前に一基だけだが、航空機用のエレベータもついている。

ただ外観は、少なくともシルエットに関しては、煙突と一体になった船橋が船尾にあり、普通のタンカーに見える。間違っても空母には見えない。

しかし、航空機輸送船テンペストには陸上機の発艦能力があった。Ｆ４Ｆ戦闘機とＳＢＤ急降下爆撃機（爆装は五〇〇ポンド爆弾が限界）だけだが発艦可能だ。その意味では、テンペストは空母とも言える。

　ただし、船橋が船尾にあることからもわかるように、その運用には制約が多い。発艦は船尾から船首に向かって行い、それは通常の空母と変わらない。

　だが着艦はというと、発艦とは逆で船首から船尾方向に着艦する。制動がうまくいかないと、飛行機は船橋に激突することになる。

　だから、船橋の下段には窓は一切なく、船橋下部の前面部分は、衝撃を吸収できるように鉄パイプを縦に並べた衝撃吸収層が置かれていた。

　どこまで意味のある機構かは不明だが、幸いにも航空機輸送船テンペストが、衝撃吸収層のお世話になったことは、まだなかった。そうそう大きな事故は起こらない。

　空母では火災が問題となるが、テンペストはタンカー改造である関係で、独立した消火ポンプなども装備され、消火能力は高い。

　実際問題として、テンペストは大改造のように見えて、比較的短期間の改造で支援船としてスービック基地に送られた。

　さらにこの船が特殊なのは、空母的な機能を持ちながら、海軍艦艇ではないことだ。所有者はあくまでもタンカーを保有していた船会社である。

　ただ海軍の要請と資金で改造し、運用も海軍軍人が乗り込んでいるが、書類上は海軍と契約している民間商船という体裁だ。

この妙な船が建造された理由は、遡れば日本海軍の紀伊・尾張の建造にあるが、直接の理由は戦艦コロラドとメリーランドのフィリピン駐留のためだった。

そもそもこの駐留は、当初は日米関係の膠着《こうちゃく》状態を打開する意図で行われたものだが、むしろ状況は悪化し、臨時であったはずの駐留は期限延長が続いていた。

二年近く延長しても常駐としなかったのは、外交的配慮と国内世論の反発を考慮してのことだ。

しかし米太平洋艦隊では、一九四二年から一年間の期限で、アジア艦隊編入を正式に検討していた。

それで現実に何かが変わるわけではないが、組織編成が整備され、コロラドとメリーランドが動きやすくなる。それにより日本を牽制するのが一つ。

もう一つは、フィリピンへの部隊の増員と編入が迅速に行われることで、緊張するアジア情勢に即応できる態勢を整備する意味もあった。

要するに戦艦編入に合わせて、司令部機能の強化を図ろうというのである。そのために偵察能力の向上が求められた。

ただ、フィリピンはマッカーサーの国みたいな一面があり、対日関係だけでなく、対マッカーサー的にも海軍兵力を無闇に増やすわけにはいかない事情がある。

なにしろ一時は戦艦コロラドとメリーランドを陸軍の命令下におけるようにしろとまでごねた御《ご》仁《じん》だ。さすがにそれはワシントンから認められなかったが、陸海軍の関係がデリケートな場所なのは間違いない。

そうでなくてもB17爆撃機配備に伴う哨戒飛行問題――洋上哨戒は陸軍管轄か海軍管轄か。その情報共有は誰の責任でなされるのか――など、航空戦力がらみの勢力争いを抱えていた。

そのため正面切っての海軍航空隊の増強が難しいという現実がある。

また海軍中央でも、フィリピンにどれだけの兵力を配備すべきかについては、意見がまとまっていなかった。

維持費のことは問わないとしても、艦隊戦力の違いから中途半端に増強しても各個撃破され、太平洋艦隊の戦力を無駄に消耗するだけという意見は根強い。

そこで戦艦二隻は派遣されたものの、空母の派遣は見送られた。空母は主力艦であり、こんなものを派遣すれば日米間の緊張を過熱させるという判断もある。

ただアジア艦隊としても、自前の偵察能力はほしい。日本軍に各個撃破されないためにも、艦隊の目となる「空母的な何か」が必要だった。

そこで民間の船という形でタンカーを改造し、生まれたのが航空機輸送船テンペストであった。

これが水上機母艦ではないのは、テンペストの目的がアジア艦隊の目というだけではないためだ。

それだけなら予算はつかなかったかもしれない。

日華事変が泥沼化するにしたがい、アメリカ政府は蔣介石の国民党政権への支援を検討し始めた。

その一つが航空機の支援である。テンペストが民間船舶のまま陸上機や燃料を輸送しているのは、米陸海軍や合衆国政府が、そうした支援に直接関与していないようにするためだ。

テンペスト自体は、中国にあるアメリカ人の経営する商社に飛行機を売っているだけで、そこが飛行機をどこに転売するかは関知しない。そういう建前なのである。

艦隊の目が必要になるのは有事になってからだが、中国への航空機支援は平時でも必要だ。だからテンペストは改造された。

そして、一二月のこの日も航空機輸送船テンペストは、「商売物」の航空機一二機と燃料を満載して香港に向かう途中であった。

その途中にスービック基地襲撃の一報があり、針路を変更したのである。

3

「戦艦メリーランドは撃沈され、巡洋艦は全滅、基地施設は使用不能。重油タンクは燃焼中か」

カーチス中佐は通信室にいた。通信室には黒板があり、彼はそこに通信員が傍受した断片的な情報を紙に書き留め、画鋲でそれを貼りつける。

そんな地味な作業でも続けていくと、混乱し、矛盾した情報群の中から信頼できる情報だけが浮かんでくる。

彼はスービック基地内にも詳しいので、出港時に在泊していた艦艇の名前もわかっていた。

フィリピンのアジア艦隊は、純粋に軍事的な要素だけでなく、国内外の政治的な事情で編成を決められた部分も少なくない。

端的なのが巡洋艦で、戦艦二隻が配備されたために巡洋艦は引き上げられた。残っているのは重巡洋艦ヒューストン一隻だったが、これは港内で撃沈されてしまったらしい。

アジア艦隊の司令長官はトマス・C・ハート海軍大将だが、彼の所在と生死が不明なのがカーチス中佐には気になった。

アジア艦隊の旗艦は、重巡洋艦ヒューストンから戦艦メリーランドに変わったばかりである。そのどちらもが撃沈されてしまった。

アジア艦隊のオフィスは陸上にもあるのだが、万が一にも戦艦メリーランドに乗艦していた場合、アジア艦隊は司令官を失っていることになる。

「戦死か、やはり……」

カーチス中佐は心の中で呟《つぶや》く。いくら奇襲を受けたとはいえ、司令部から隷下の部隊に命令なり連絡を取る手段はいくらでもあるだろう。

しかし、それがない。彼自身の報告と命令は、太平洋艦隊司令部だけを相手になされている。

ただ気になる事実もある。それは戦艦コロラドの行方がわからないことだ。

港内で撃沈されたという情報はない。対して脱出したらしいという情報はあった。ただ詳細は不明だ。

カーチス中佐としては、その情報を信じたい反面、鵜呑みにできないとも思う。なぜなら、奇襲を受けて同型艦のメリーランドが撃沈され、コロラドだけが脱出に成功したというのは信じがたいからだ。

コロラドが脱出できたなら、メリーランドも脱出できたはずであるし、逆にメリーランドが撃沈されたなら、コロラドも撃沈されないまでも大破くらいはしているはず。

それとも、戦艦コロラドはかろうじて脱出したものの、大破して浮いているだけというのが実状なのか？

だとすると、パールハーバーで修理するためにも戦艦コロラドとの邂逅《かいこう》は、より重要になる。コロラドを助けられるのは、おそらく自分たちだけだろう。

カーチス中佐がそんなことを考えている時だった。太平洋艦隊司令部より、ごく短い命令が届く。

「戦艦コロラドと邂逅せよ」

4

第一戦隊の戦艦紀伊と尾張は、第三航空戦隊の攻撃が終了したのちに、スービック基地に向かって進出し、その港湾に対して砲撃を行った。

それはマニラやコレヒドール要塞の米軍に対する威嚇《いかく》攻撃でもあり、また、それらを砲撃することで戦艦コロラドを誘き寄せるという意図もあった。

だが大谷地司令官にとって、この砲撃は手応えのないものだった。

敵軍の戦闘意欲云々は、陸軍が上陸しない限りわからない。そしていまのところ戦艦コロラドの姿はない。

「完全に逃げられたようですな」

白石先任参謀は、いまだ納得できないという表情で、そう呟く。どうして逃げられたのか、彼にはわからないようだ。大谷地司令官もそれは同じ。

「我々から逃げ切ったとしたら、敵艦はほぼ無傷ということになるな」

「さすがに爆弾の一つや二つが命中した程度では、大した傷は負わせられないでしょう」

「しかし、どうやったのだ」

状況は不可解だった。三航戦の第二次攻撃隊が迎撃部隊と空戦を強いられたのは、ある部分では覚悟はしていた。

そうならないように作戦は立てられたはずだが、真の奇襲は第一次攻撃隊だけであり、あとは敵の立ち直り具合による。

それに零戦により敵迎撃隊は一掃されたから、第二次攻撃自体にそれほどの損失は生じなかった。

ただこの空戦のどさくさで、戦艦コロラドの消息はまったくつかめなくなった。天候が思わしくないこともあり、第二次攻撃隊は戦艦コロラドを見失った。

零戦の奮戦で敵迎撃隊から攻撃機を守ったとはいえ、多勢に無勢であり、前進するまでにはしかるべき時間が必要だった。その間に戦艦は消えたのだ。

「どうも、不自然ですな」

「コロラドが消えたことか、先任?」

「それもありますが、第二次攻撃隊のこともです」

「第一次で攻撃され、米軍が反攻することは、それほど不自然ではあるまい」

「それはそうですが、敵部隊は明らかに第二次攻撃隊を目指して殺到したと言います。つまり彼らは、第二次攻撃隊の攻撃針路を知っていたことになります」

それを聞いて、大谷地司令官もはっとした。

自分も三航戦の戦闘について、何か引っかかるものを感じていたが、それは白石先任参謀が指摘したことだった。

「それで思ったのですが……」

「なんだ、先任？」

「戦艦コロラドが、何か探知機のようなものを持っていたとしたらどうでしょう」

「探知機？」

「そう、探知機です。音か光か、何かそんな類です。戦艦コロラドだけにその探知機が装備されていて、第一次攻撃隊の接近を知って、いち早く脱出した。メリーランドには探知機がないので逃げ遅れた。

それはたぶんスービック基地を南下したのでしょう。本来なら我々に発見されるはずだった。航空機もあり、我々も展開している。見つからないはずがない。

だが戦艦コロラドには探知機があり、我々や航空機を探知して、いないほうに脱出できた。そういうことではないでしょうか」

「探知機で我々の待ち伏せを知って、それを回避したというのか……」

大谷地司令官にしてみれば、それもまたずいぶんと荒唐無稽《こうとうむけい》な話に思えた。そもそも探知機ってなんなんだ？

だが、そんな気持ちを抑えて冷静に考えるなら、確かに白石先任参謀の仮説は、状況をうまく説明できる。

探知機とするからわかりにくい。例えば、コロラドの艦載機が索敵を行い、自分たちがそれに気がつかなかったとしても結果的に同じことだ。

そう、探知機というからわからなくなる。具体的な方法はともかく、要は相手に索敵手段があるかないか、そしてそれを効果的に活用できたかどうか、そういう話だ。

「仮にそうだとして、三航戦の扶桑や山城が攻撃されないのはなぜだ？　なぜ我々を素通りする？」

「戦艦一隻で日本の二隻の戦艦と戦うのは自殺行為です。まともな指揮官なら、戦闘は回避するでしょう。扶桑と山城については、そう、探知機の有効範囲の関係かと」

「なるほど」

索敵手段が偵察機として、戦艦搭載の偵察機の数には限りがあるし、近距離なら漏れなく捜索できるとしても、空母がいる領域までは捜索不能だろう。そう考えると、一連の動きには説明がつく。

それよりも問題なのは、戦艦コロラドが脱出したことだ。しかもスービック基地の状況から、一〇隻前後の駆逐艦を伴っている可能性が高い。

それが艦隊として活動すると、日本軍にとっては非常にまずいことになる。早急に戦艦コロラドを無力化する必要がある。

ただ、奇襲から現在までの時間を考えると、米艦隊は四〇〇キロから五〇〇キロは移動していることになる。

「駆逐艦を伴い、脱出を図るとしたら、最大でも四〇〇キロではないでしょうか」

「なぜだ、先任?」

「米海軍の混乱ぶりから、彼らが安心して寄港できる拠点はありません。戦艦はともかく、駆逐艦の航続力には限界があります。そうなれば、可能な限り燃料を節約しなければならない。原速でしか移動できないでしょう」

「だから最大四〇〇キロか」

とは言え、四〇〇キロは狭い領域ではない。まして相手は自分たちの追撃をするりとかわした連中だ。

なにより戦艦コロラドの部隊は、自分たちが日本艦隊に発見されたら、それが最後であることを知っている。各個撃破でアメリカ海軍は戦艦を失ってしまう。そのことは当事者の彼らが誰よりも理解しているだろう。

「三航戦や高雄空の活動から考えて、戦艦コロラドはスービック基地より西の線から南にいるのは間違いないだろうな」

「南シナ海のどこかでしょうか? 島嶼帯に逃げ込むことも可能でしょうが、支援施設がないことでは同じですし、主要な港湾は我が軍が占領することになっています」

「米陸軍と呼応してコロラドが出てくることはないだろうか」

「どうでしょう。その場合、マッカーサー大将の指揮下に戦艦が入ることになりますが、米軍の指揮系統が混乱している最中に、そうした連絡が円滑にできるかどうか。

指揮系統のことを考えるなら、海軍内部で完結している必要があるでしょう。少なくともこの一両日は、陸軍との連携は考えなくてもよいはずです」

「なら、戦艦コロラドはどこに向かう?」

「戦艦一隻でフィリピン防衛はできない。その現実を無視しないなら、真珠湾に戻る以外にないはずです」

5

「戦艦コロラドは脱出に成功した。そういうことだな?」

日本時間の一二月八日午前。トマス・フィリップス大将は、時に矛盾する日本軍の動静に関する報告を受けながら、自らの艦隊の動きを検討していた。

彼に最初にもたらされたのは、コタバルに日本軍が上陸したという報告だった。この時点で三航戦はスービック基地攻撃を行っておらず、フィリップス大将は、日本はアメリカを避けて攻撃を仕掛けてきたと判断した。

「狡猾《こうかつ》なことをする」

フィリップス大将は憤る。日本軍が攻撃を仕掛けてくることは、望ましくないが予想されていた事態でもあった。だからこそ、戦艦プリンス・オブ・ウェールズがここにいる。

一方で、これによりアメリカもまた、この戦争に当事者として介入せざるを得なくなる。そうなれば、戦争は自分たちの勝利だ。

フィリップス大将はそうしたことも考えていた。なにしろ枢軸国すべてと、いま戦っている連合国の経済力は、ほぼ等しい――その意味でフランスの敗戦はなにより痛い。

だがアメリカ一国の経済力は、そうした均衡を一気に連合国優位に傾けるだけの力がある。

だがそれは、日本もわかっていたのだろう。奴らはあえてフィリピンを避けた。フィリピンが攻撃されないなら、アメリカ参戦もない。

しかしそんな懸念は、スービック基地が三航戦により攻撃されたという一報で払拭《ふっしょく》された。アメリカは連合国の一員となる。戦争の結末は、いまこの瞬間に決まった。

とは言え、それは戦略規模の話。戦術的に、アメリカのアジア艦隊はどうなったのか？　それが重要だった。

「英米蘭豪連合艦隊が編成されるなら、アジアから日本艦隊を駆逐できる。一時的に上陸を許したとしても、海上輸送路が寸断されれば、日本軍は降伏するよりあるまい」

フィリップス大将は、すぐにZ艦隊に出撃準備を命じた。そしてその間に、米アジア艦隊司令部と連絡を取ろうと試みたが、これはことごとく失敗した。

英米蘭豪連合艦隊が存在していたら、意思の疎通も円滑であったのだが、そうしたプロトコルを作る前に戦争は始まってしまったのだ。

結局、外交ルートを通じて米太平洋艦隊司令部と連絡を取り、そこから共通の通信回線を開くという手間が必要だった。部隊間ではなく、あくまでも司令部間の通信である。

司令部間の通信手段はできたとはいえ、暗号その他の取り決めも限定的だ。強度の低い暗号を慣用するよりなく、おそらくは二、三日で解読されることを前提に、英米司令部は通信を行う必要があった。

だから、その回線で可能な通信内容には限界があった。とりあえずスービック基地の艦隊の損失など、日本軍も知っているであろう情報――ただし当事者の情報だから間違いはない。混乱状況ではこれは重要だ――と、英米蘭豪連合艦隊の編成が必要ということだけは伝えられた。

英米蘭豪連合艦隊については、総論としては関係国は賛成で、細目では調整が必要だった。

だが、この通信は少なからず日本軍を牽制する意図があった。強度の弱い暗号を使うことで、心理的に攻撃するわけだ。

ただしそれは、物理的な攻撃ができないことと表裏一体でもある。

もっとも、強度の強い暗号を英米間で確立することは、さほど難しくはなかった。時代はすでに強度の強い暗号を機械により作製する段階に入っていた。

そのベストセラーがクリプトテクニーク社のC36暗号機で、これはアメリカ軍もイギリス軍も使っていた。

もちろん、英米両国とも機械式暗号機はC36しかないわけではないのだが、両者が同じものを使っていることが重要だった。キー配列などの設定の規則さえ両者で決めれば、以降は強度の強い暗号が活用できる。

ちなみにC36は連合国だけでなく、日本も輸入し、さらにはドイツでも一万台以上が使われていた。ドイツとて、エニグマ暗号機しか持っていないわけではないのだ。

フィリップス大将としては、飛行機を手配し、この暗号機の初期設定を記した文書を交換することを考えていた。そうすれば、英米間で突っ込んだ作戦の打ち合わせが行える。英米が動けば他国も動く。

それは、連合艦隊としては最善の方法ではないだろう。しかし、それが次善でも何もしないよりははるかにましなのである。

やがて米太平洋艦隊から通信が届く。

「戦艦コロラドは空母と邂逅予定。貴艦隊との合流を望む」

さすがに現在位置については記載がない。暗号解読を警戒してであろう。だがフィリップス大将は、戦艦コロラドと空母が合流するという部分に赤丸を描きたい気持ちだった。

英米艦隊が合流すれば、戦艦三隻に空母が一隻。これは、日本軍の当面の侵攻を阻止するには十分な戦力ではないか。

「出撃する」

フィリップス大将の決心は早かった。

戦艦コロラドがどこにいるかは知らないが、自分たちと合流するというなら、南シナ海をシンガポールに向かっている可能性が高い。ならば、自分たちは南シナ海を北東に進む。細かい調整はそれから考えればいい。

6

戦艦コロラドの運命を決定的に変えたのは、最近になって中将から大将に昇進したシンガポールのイギリス東洋艦隊司令官、フィリップス海軍大将であった。

シンガポールの戦艦二隻とフィリピンの米戦艦二隻。この四隻の戦艦を中核として、オランダ、オーストラリアの艦艇をあわせ、一大艦隊を編制する。

これに類した構想は、日本海軍に対抗する意図で過去に何度か検討され、そのつど結論は先送りされてきた。

理由は、日本海軍と対抗するために各国の軍艦を集めるというほど、単純な話ではなかったからだ。まず関係国の立場が違う。イギリスとオランダ、さらにオーストラリアはドイツ・イタリアと交戦状態にある。

対するアメリカは、どこの国とも戦争をしていない。だからアメリカとしては、こうした国々と連合艦隊を編制することは難しかった。

一方で、イギリス連邦内にも思惑の違いがある。オーストラリアなどは安全保障を宗主国のイギリスに求め、香港要塞の強化などを求めていた。

しかしながら、イギリスにもそこまでの国力はなく、結果としてオーストラリアの安全保障に関しては、アメリカに依存するのを黙認するよりなかった。

じつを言えば、アンザック諸国のオーストラリアとニュージーランドの間にも方針の違いがある。

日本から離れているニュージーランドは親アメリカで、日本に対しては強硬姿勢であった。だが、より日本の直接的圧力を受けるであろうオーストラリアは、日本に対しては比較的融和的で、アメリカの支援を否定するものではないが、安全保障をイギリスから提供されることを望んでいた。

さらに、オランダはドイツに本国が占領され、植民地総督府があるほかは、亡命政府がイギリスに置かれている状況だ。

オランダとしては戦後のためにも植民地の確保が必要であり、その防衛が優先された。イギリスにとっては、植民地は植民地に過ぎないが、オランダにとっては本国が占領されている中では、宗主国としての独立国家の根拠を植民地に求めるという意味があった。

かくのごとく、関係国による連合艦隊という総論には賛成であったものの、各論では意見の一致を見なかった。

実務面に関しても、問題は山積している。まず指揮官が決まらない。最先任者はハート大将だが、彼はアメリカ人であるから、戦争が起こらない限り指揮官にはなれない。

そうなると、イギリス海軍かオランダ海軍かという話になるが、これも微妙な問題を含んでいた。

つまり平時はともかく、有事にはアメリカのアジア艦隊が編入されるとすると、英蘭の中将、少将の司令官の命令に米海軍大将がしたがうことになる。

指揮命令系統の問題は、具体的な艦隊編成をどうするのか？　つまり、誰がどれだけの戦力を出すのかという問題とも合わせて先送り状態だった。

トマス・フィリップス大将が、不穏なアジア情勢を受けて大将に昇進してから戦艦プリンス・オブ・ウェールズに将旗を掲げたのには、イギリスが連合艦隊指揮官になるという強い意志の表れでもあった。

ただイギリス海軍の決心はどうあれ、棚あげされた問題は多い。オランダ海軍は英語が通じないという問題や関係国の共通暗号もできていない。

それらの本格的な調整は有事でなければ始められないが、連合艦隊はまさにそうしたことが起きないような抑止力として期待されていた。

だが、日本軍のスービック基地奇襲の結果、トマス・C・ハート海軍大将は戦死したらしい。

英米蘭豪連合艦隊編成の障壁の多くが、この瞬間に取り払われた。フィリップス大将が考えたのは、そのことだった。

7

共同回線の暗号を強化する。フィリップス大将はその作業を幕僚らに進めさせていたが、作業ではアメリカのほうが一枚上手だったらしい。

米太平洋艦隊司令部からの通信で、それはもたらされた。

彼らはC36の設定をまとめた暗号書を飛行艇で提供するという。どうやらアメリカ海軍は、このような事態を想定してか、多国籍艦艇での通信手段の研究を進めていたらしい。

飛行艇はスービック基地ではなく、ミンダナオ島かどこかから発進し、蘭印で給油してシンガポールに向かうと思われた。

邂逅場所も時間も指示されていない。あるのは飛行艇を発見したら誘導電波を出せという指示だけである。

これだけの情報で邂逅を成功させなければならない。情報が少ないのは、日本軍に解読されるリスクを考えてのことだろう。

それは理解できる。安心できる通信手段を入手する相談の詳細を、安心できない回線では送れない。ただ、邂逅できないような手段を米海軍も使わないはず。

「おそらく複数の飛行艇を展開しているのではないでしょうか」

「複数の飛行艇か、なるほど」

確かに、参謀長が言うように複数の飛行艇を展開し、Z艦隊を捜索させれば、確率的に邂逅の可能性は高い。

そうなると、発見したら誘導電波の意味も見えてくる。誘導電波を出しっ放しにしろとは米海軍も言ってないし、言われたとしてもフィリップス大将はしたがうつもりはない。この状況で敵に居場所を教える馬鹿がどこにいる。

だがレーダーを使えばどうか？　レーダーが米飛行艇を発見した時にだけ誘導電波を送信する。

そうであれば、送信時間は短時間ですむ。レーダーの電波を日本軍に捕捉される可能性もなくはないが、その程度のリスクを負わねば現状は打開できない。

　じっさいのところ、飛行艇が複数飛ばされていることも含め、ほとんどがフィリップス大将らの憶測に過ぎない。だが、現状ではこのように解釈する以外に、米海軍の意図は理解できなかった。

　果たして、自分たちの判断は正しいのか？　それがわからないまま、悶々とした数時間が過ぎ去る。

　その間もマレー半島に上陸した日本軍の情報が入ってくる。それらの中には矛盾した内容のものも少なくない。

　だが、それでもうかがえることはある。それはイギリス軍が劣勢であり、特に航空兵力は生きているか死んでいるかわからないが、ともかく目立った活動はしていないことだ。

　フィリップス大将自身は、日本軍の航空機の水準は二流以下と考えていただけに、そんな日本軍の航空隊に圧倒されていることに、まずショックを受けていた。

　じっさい日本陸海軍は、イギリス軍の倍以上の航空機をマレー半島に投入しており、正直、二線級の軍用機も少なくないイギリス空軍には勝ち目はなかった。

　彼はそうした事実関係までは知る由もなかったが、イギリス空軍の戦力を自分たちは期待できないことだけはわかった。これは彼にとっては、なかなか重要な事実であった。

　アメリカ艦隊には空母がいるらしい。それが艦隊の目となるのは明らかであり、つまり、自分たちはアメリカからの情報に依存しなければならない。

主力艦では二隻のイギリス海軍だが、英米蘭豪連合艦隊の指揮権や主導権はアメリカ海軍に委ねることになるかもしれない。

それは日本軍の攻勢という大きな問題の前には、まだしも小さな問題かもしれない。とは言え、無視できるほど小さな問題ではなかった。

それ以外の情報は、日本軍がシンガポールを目指して快進撃を続けているらしいことしかわからない。

そして、一二月八日は夜を迎える。米海軍の飛行艇との邂逅は早くて夕方、計算通りなら夜間であった。

このことも戦艦プリンス・オブ・ウェールズのレーダーで飛行艇を発見するという考えの根拠の一つだ。そして、それは当たった。

「レーダーが友軍機を捕捉した模様です」

「そうか」

幕領の報告にフィリップス大将は、まずは安堵する。手探り状態の接触は、どうやら正解であったようだ。

たまたまZ艦隊の針路と飛行艇の針路はうまく噛み合っていた。なので誘導電波を送信するまでもなく、上空に探照灯を向けるだけで飛行艇は誘導できた。

探照灯を上に向けて光の柱を作ると、レーダー上の飛行艇も針路を微調整し、自分たちへと向かってくる。

これとて敵軍に位置を知らせるリスクはあるが、電波送信よりは到達距離は短いはずだ。

探照灯の照射はすぐに終わり、あとは飛行艇と戦艦の発光信号の交換となる。再び探照灯が灯され、海面とマーカー代わりに駆逐艦を照らす。

戦艦プリンス・オブ・ウェールズは機関を停止し、その巨体で波浪に対して波除けとなる。

飛行艇からは、それで海面との距離感がわかったのだろう。危なげなく飛行艇は着水し、すぐに迎えのランチが戦艦プリンス・オブ・ウェールズから送られる。

飛行艇は燃料補給の必要があり、それは戦艦プリンス・オブ・ウェールズの艦載機用のガソリンの補給で賄われた。

とは言え、ホースでは給油できず、ドラム缶をランチに積み込むような手間が必要だった。

そのための作業は飛行艇の機関士と戦艦の人間が行い、フィリップス大将は米海軍の搭乗員たちを客としてもてなす。暗号表を受け取るという重大な任務も残っていたからだ。

「日本軍の状況について、何かわかっているかね」

下級将校の搭乗員と海軍大将では階級に天地ほどの差があるが、いまこの状況では、確実な情報は金より重い。

情報を持っているなら、それが水兵見習いだったとしても上座にあげて構わないと、フィリップス大将は思っていた。

「日本軍はタイからマレー半島にかけて上陸を果たし、フィリピンではスービック基地を破壊。制空権は日本に掌握されています。ただフィリピンへの日本軍の上陸は、まだ確認されていません」

「上陸部隊は、マレー半島のみか……」

それは非常に重要な情報だった。スービック基地を破壊し、マレー半島のみならず、フィリピンの制空権も日本は掌握した。

これは日本軍が、フィリピンにも兵を進めるためだろう。アメリカとの交戦状態にあって、フィリピンに兵を進めないなどあり得ない。

だが、日本軍はマレー半島とフィリピンの同時上陸は行わなかった。軍事の常識で考えるなら、マレー半島とフィリピンを同時に奇襲し、制空権を握ったならば、その余勢を駆って同時に上陸するだろう。

にもかかわらず、日本軍はまだフィリピンには上陸していない。その理由は何か？　理由は一つ。日本には二つの戦域に同時に部隊を輸送できるだけの船舶がないのだ。

「日本軍のフィリピン上陸を阻止すれば、奴らの作戦は崩壊する。マレー半島も奪還できるではないか！」

フィリップス大将の脳裏に、そんな計算がすぐに立った。

さすがにマレー半島上陸作戦の船舶が、日本の船舶のすべてということはないだろう。おそらく小規模な船団編成は行われ、フィリピン上陸も近いうちに行われる。

そうでなければ、制空権を奪っても米軍に反攻の時間を与えることになるからだ。ただそれは、全体の兵力の一部でしかないだろう。

特にフィリピンは島嶼が多い。ルソン島やミンダナオ島に部隊を移動するなら、かなりの数の船舶が必要だ。

だからフィリピンに上陸するであろう日本軍の

船団に攻撃を加えるなら、フィリピン侵攻を阻止できるだけでなく、マレー半島の船舶も移動できず、フィリピンへの増援ができないばかりか、マレー半島への日本軍の兵站《へいたん》補給を途絶することが可能だ。

「緒戦は遅れをとったが、日本軍を壊滅させられるではないか！」

フィリップス大将は、現状の悲観的側面よりも将来の楽観的側面を見る。

日本軍の南方侵攻は、彼らにとっては乾坤一擲《けんこんいってき》の作戦だろう。だからこそ、これが失敗すれば、日本軍や政府が被るダメージはとてつもなく大きなものとなる。

日本の軍国主義的な現体制は崩壊し、もっと民主的な政体が日本に誕生するかもしれない。そうなればアジアの脅威はなくなり、連合軍は対独戦に集中できる。

「戦術的に我々は負けているかもしれないが、戦略的には、我々は勝利に向かっているのではないか」

階級のとてつもない隔たりを超えて、フィリップス大将は、アメリカの下級将校たちにそんな胸のうちを語る。それは彼の太平洋艦隊へのメッセージでもあった。

8

航空機輸送船テンペストが戦艦コロラドの部隊との邂逅作業に入ったのは、日本時間の一二月九日になったばかりの深夜であった。

彼らの邂逅は、Z艦隊と飛行艇が接触するのに比べれば、まだ楽であった。暗号表のやり取りなどせずとも、太平洋艦隊司令部経由で通信は伝達できたからだ。

「イギリス艦隊はボルネオ寄りに針路をとっているわけか」

Z艦隊と接触した飛行艇の情報は、すでに彼らにも伝達されていた。カーチス中佐は海図の上で、Z艦隊の動きをプロットする。

Z艦隊は仏印の日本軍部隊を警戒し、ボルネオ島寄りに南シナ海に向かっている。

「日本軍の航空機を警戒してるんですかね」

仕事柄、日本軍の航空戦力について情報のあるバイデン船長は、そう判断したが、カーチス中佐の意見は違った。

「この人は、アジア艦隊司令官になったのは先月だろう。それまではロンドンで働いていたんだ。いまの日本軍航空隊の能力なんか知らないんじゃないか」

「知りませんかね」

「イギリス海軍の人間なんぞ、日本海軍は自分たちの教え子くらいにしか思っていないさ。そんな海軍の親玉だぞ。謙虚さがあるとは思えんな。

我が艦隊でさえ、日本軍の新型戦闘機は恐ろしいと報告しても、まったく信じようとしないだろ。それと同じさ」

「だったら、なぜ?」

「飛行機を警戒していなくとも、警戒すべきものはいくらでもあるからさ。

日本海軍の拠点の一つは仏印だ。潜水艦か何かがZ艦隊を発見しても、ボルネオ近海では日本海軍も即応できない。おそらくそんなところじゃないか、あちらさんが考えつきそうなことは」

「辛辣《しんらつ》ですな、イギリスには」

「現実を見ているだけさ」

水平線に何かが光ったのは、そんな時だった。それは点滅し、何かの信号を送っている。

「見つけてくれたようですな」

バイデン船長は決められた手順で発光信号を返す。

信号を送ってきたのは駆逐艦であった。夜間であり、無造作に戦艦コロラドが接近するのは危険だからだ。

戦艦コロラドのレーダーもまだ完成されたとは言いがたい面があり、近距離過ぎると使えないという欠点があった。

だが、まさに近距離過ぎる時に衝突しないことが求められるわけで、そのため接近には運動性能に勝る駆逐艦が前衛として接近して来たのである。

駆逐艦は灯火をつけ、航空機輸送船テンペストを誘導する。いささか無造作にも思えるが、戦艦コロラドのレーダーは周囲に敵影を見ていないのだろう。

明るければテンペストも輪形陣の一翼を担っただろう。しかし、戦艦コロラドのリンゼイ艦長は、テンペストの船舶としての性能を知らない。そしてまた、バイデン船長もカーチス指揮官も、戦艦コロラドの運動性能を知らない。

旋回性能や軸が何回転で何ノット出るというような諸元を知らねば、艦隊運動は難しい。なにしろ航空機輸送船テンペストは商船であって艦艇ではない。設計思想が違う。だから通常は、そうした部分について事前の打ち合わせが行われる。

しかし、いまはそんな余裕はない。だから輪形陣の中で、戦艦コロラドの後方を航空機輸送船テンペストがしたがう形となっていた。

それはあくまでも陣形の都合だが、現実的な陣形でもあった。

「明日の深夜には、Z艦隊の雄姿を拝めるんですかね」

「それはないだろう」とカーチス中佐。

「雄姿を見ようとしたら、夜明けにならんと見られんさ」

9

「この報告は正確なのか?」

南遣艦隊司令長官である小沢治三郎中将は、近藤信竹司令長官からの情報に対して、疑問がふくらんでくるのを抑えることができないでいた。

マレー半島の上陸作戦は順調に進んでおり、これについて小沢長官も肩の荷が下りたという思いに嘘はない。

一方でスービック基地奇襲については、戦艦メリーランドと重巡洋艦ヒューストンを撃沈という報告があり、戦艦コロラドが所在不明となっていた。

スービック基地奇襲は完全な成功とはならなか

ったが、艦隊側としては「成功」と認識されていた。なぜなら、空母航空隊で戦艦や重巡洋艦が撃沈できるなどと、本気で信じている人間は海軍でも少なかったからだ。

それが可能であることが証明されたのだ。

なるほど戦艦コロラドは取り逃がしたが、正直、奇襲攻撃で敵戦艦を手負いで追いだせれば成功くらいに思われていた作戦だけに、緒戦で敵戦艦戦力を半減したことは、成功とは言わないまでも上々の首尾と目されていた。

戦艦の速力など高がしれている。三航戦が発見すれば、戦艦コロラド撃沈も時間の問題だろう。

だが、戦艦コロラドが見つからないまま、日付は八日から九日へと変わった。そして不可解なことに、戦艦プリンス・オブ・ウェールズと巡洋戦艦レパルスは、依然としてシンガポールにとどまっているという。

小沢司令長官が納得できないのは、スービック基地のことはシンガポールのZ艦隊の耳にも届いているはずということだ。

そうであれば、空母の攻撃にもっとも脆弱な軍港内での停泊など続けるはずがない。どこに行くか方針が定まらないとしても、主力艦の安全のためにシンガポールからは出るはずだ。出なければならない。

だが、出ていない。Z艦隊はシンガポールに停泊中だ。

「航空隊にシンガポールの航空写真を再度確認させろ。それは本当に戦艦なのか」

一時間ほどで返信が届いた。Z艦隊の戦艦二隻と思われたものは、貨物船の誤認であった。

「シンガポールに敵影なし」

5章
追撃戦

1

昭和一六年一二月八日。連合艦隊司令部旗艦は戦艦尾張であったのだが、第一戦隊がスービック基地奇襲作戦の戦闘序列についた関係で、旗艦は一時的に長門に戻っていた。

つい先日までは、そこが連合艦隊旗艦であったのに、長門に戻った幕僚らはその作戦室の「狭さ」に閉口した。作戦規模はかってないほど大きく、作戦室は狭い。

ただし、この日の連合艦隊司令部は、確かに活気に満ちていた。

マレー作戦は順調に推移し、制空権も掌握した。フィリピンにおいても制空権の確保は成功し、一〇日に予定される陸軍部隊の上陸は予定通り行われそうだった。

なによりタラントの再現と言われたスービック基地の奇襲では、大方の予想に反して三航戦の空母部隊が戦艦メリーランドと重巡ヒューストンのほか、基地や艦艇に多大な損害を与えていた。

もっとも戦艦コロラドは脱出に成功して撃ち漏らしてはいるが、それも第一戦隊の最新鋭戦艦紀伊と尾張の二隻にかかれば鎧袖一触と思われた。

いざとなれば三航戦が再びそれを撃沈すればいいだけの話で、戦艦コロラドの運命は風前の灯火《ともしび》と思われていた。

そんな状況なので、戦艦コロラドを取り逃がした大谷地司令官が事態を深刻に受け止めているのとは裏腹に、連合艦隊司令部は明るい空気に包まれていた。

連合艦隊司令長官山本五十六大将も、司令部要員にケース単位でビールをおごるという騒ぎであった。

米艦隊の主力艦を各個撃破できる目処《めど》が立ち、戦艦よりも空母が強力ということが証明されたが、空母戦力では自分たちが優位にある。

国力ゆえに対米戦に反対を唱えていた山本司令長官も、この時ばかりは「もしかすると」と楽観的な気分に浸っていたのだ。

さすがに司令部要員も帝国海軍軍人であり、戦時であるから、ビールを飲み過ぎて翌朝に「長官、今日は一日戦死でお願いします！」と泣き言をいう者はいない。

よしんば二日酔いの人間がいたとしても、近藤司令長官や小沢司令長官の報告を聞いた瞬間に酔いが醒めただろう。

「シンガポールにイギリス艦隊がいないというのか！」

「写真分析の誤認だそうです」

「誤認ですむか、馬鹿者！」

山本長官に面罵《めんば》された通信参謀こそ、いい面《つら》の皮だ。

「Z艦隊の位置は不明なのか」

「残念ながら……」

「近藤さんは何をしておるんだ！」

南方侵攻作戦の全体指揮は近藤信竹中将が最先任者として行っていた。だから航空隊の不祥事の責任も、彼がかぶることになる。それが責任ある立場の人間の義務だからだ。

「それについてですが……」

司令部の敵信班の班長が、恐る恐る報告する。それが敵信班の班長とわかると、山本長官は鋭い視線を向けた。

「フィリピンのアジア艦隊ですが、司令長官のハート大将が戦死した模様です」

「その根拠は。平文で戦死したとでも言ってるのか」

機嫌が悪いので山本の言い方には棘《とげ》があった。

しかし、そのくらいのことでは敵信班の班長も動じない。山本五十六がそういう人なのは既知のことだ。

「米海軍の暗号は部隊の識別符号程度しか解読されておりません。ですが、その動きに明らかな変化があります」

「変化とは？」

「アジア艦隊の傘下の部隊が、アジア艦隊司令部に通信を試みるも返信はなく、ハワイの太平洋艦隊司令部が現在、傘下の部隊に命令を下しております。

単に通信局の破壊による途絶であったとしたならば、無事な艦艇などもあるのですから、最低限度の通信は可能なはずです。しかし、それすらもありません。

つまり、通信装置の故障などではなく、アジア艦隊司令部そのものが機能していないと思われるのです」

「だからハート大将の戦死か、なるほど。まぁ、彼の生死が不明だとしても、司令部が壊滅したのは間違いなさそうだな」

「それに伴い不穏な動きがあります。シンガポールのイギリス艦隊とハワイの太平洋艦隊司令部が直接通信回線を開きました」

「直接無線のやり取りをしているということか」

「そうです」

「自分は通信の専門家ではないが、外国の艦隊同士が通信を行おうとすれば、暗号のすり合わせなどの作業が必要なのではないか？　まさか平文で通信のやりとりはせんだろう。

それとも英米はかねてより、こうした事態に備えて、通信手段を準備していたとでもいうのか」

「長官のご指摘の通りです。英米艦隊が通信を行うには、通信手段、周波数や暗号面の調整が不可欠です。これについては、海底電信などを介してシンガポールとワシントンを経由し、両艦隊が通信手段の概要を決めたのではないかと推測できます」

「その根拠はなんだ？　わかると思うが、敵が事前の準備をしているか、していないか。それによって今後の作戦はまったく違ってくるのだぞ」

「存じております。これが臨時の通信手段で、事前に用意されたものではないと判断する根拠は、まず一つは、通信が戦艦コロラドと戦艦プリンス・オブ・ウェールズの間でしか交わされていないことです。通信士の打鍵の癖から、これは間違いありません」

「戦艦プリンス・オブ・ウェールズとだけか……」

山本長官は、その事実を吟味する。戦艦プリンス・オブ・ウェールズがシンガポールに来航するのが決まったのは、つい最近のことだ。

その来航には、イギリス海軍内でも反対論が強かったとも聞く。その戦艦とのみ通信がなされるというのは、いささか不自然だ。

ワシントンとロンドンのトップレベルで準備が行われていた可能性もなくもないが、そこまで用意周到なら、現在の戦局はもっと英米優位に進んでいたのではないか？

仮にそうした準備がなされていたとして、艦隊旗艦同士でそうした通信が行えるとしても、やはり疑問は残る。

アジア艦隊の旗艦はメリーランドであって、コロラドではない。コロラドにアジア艦隊の旗艦として将旗を移したのであれば、ハート大将か次席指揮官が命令を下さねばおかしい。

だが、アジア艦隊司令部は壊滅したのか、現在機能していない。事前に準備したというより、残存戦力で臨時に回線を開いたほうが納得できる。

「もう一つの根拠――これが決定的なのですが――は、二戦艦の通信が比較的単純な暗号で行われているということです。

事前の準備があれば、機械式暗号が交わされなければおかしい。しかし、使われていた暗号は面倒な構造にしてますが、基本的に換字式暗号でした」

「解読したのか」

「六割ほど。完全ではありませんが、英米はなんらかの手段で暗号書の交付を行おうとしているようです。解読が正しいとしたら、事前の準備があるのに暗号書を交付しなければならないのは矛盾です」

「いま、使われていた暗号と言ったな。その換字式暗号は使われていないのか」

「使われておりません。その代わり、強度が著しく高まった暗号文が両戦艦の間で交わされていると思われます。いままで傍受されてきたものとは、まったく異なる識別符号の通信が交わされています」

「強度が著しく高まった暗号だというのに、部隊の識別符号は解読できたのか」

「敵軍のミスです。彼らは弱い暗号で使った互いを表す識別符号を、機械式暗号で強度を高めたのに、それをそのまま使い回ししてしまった。

たぶん国が違うので、臨時に両者が定めた書式を踏襲しなければならない都合からでしょう。さすがに通信内容までは解読するに至っておりませんが」

「まぁ、それはいい。つまり貴官の話によれば、Z艦隊と戦艦コロラドの部隊は、すでに飛行機か何かを使って暗号書の交付に成功しているということか」

「太平洋艦隊司令部の命令により、ミンダナオ島の部隊から飛行艇が多数出撃していると信じられる通信が交わされています。

飛行艇を出さねばならないほど、両者の距離は開いているのかもしれません」

「しかしだ。複数の飛行艇を出したということは、互いに相手の位置を知らないということか？　なぜそんなことをする？　こちらに位置を知られないために囮《おとり》を出したとでもいうのか」

「その可能性もございますが、おそらく本当に互いに位置を知らなかったのだと思います。

すでに我々は敵の臨時暗号を六割ほど解読した。それは敵も予測しているはずです。半日で自分たちの位置が露呈するなら、遅かれ早かれ艦隊は我々に発見される。

ならば、互いに現在位置を弱い暗号では知らせない。おそらくは、そういうことではないかと思われます」

「暗号が強くなったということは、いまは互いの位置を知らせているということだな。そうであれば、互いに最短距離で向かっているはずだ。

なんとしても英米艦隊が合流する前に、各個撃破せねばならない。合流されて戦艦三隻の部隊に活動されては厄介だ」

「各個撃破できれば？」

「南方作戦の障害は、完全に排除できる」

そう、山本五十六司令長官は、戦争に勝てるまでは口にしなかった。

2

第一戦隊と第三航空戦隊が第一特別機動部隊として合流したのは、一二月九日未明のことだった。

戦艦コロラドがスービック基地から脱出に成功したらしいことは、一二月八日の段階で明らかになっていたが、大谷地司令官がそれを確信するまでには、なお時間が必要であり、それが確認できた頃にはかなりの時間が経過していた。

後々その判断の是非は議論されるのだが、大谷地司令官はスービック基地に対して、第三次攻撃隊の出撃までを命じていた。

その主たる目的は、戦艦コロラドを万が一、発見した場合の撃滅――とは言え、その発見の可能性は低いだろうとは思っていた――と、スービック基地における戦果確認であった。

この戦果確認は、重巡洋艦利根・筑摩の水偵が担当した。戦果確認は簡単なようでいて、経験が必要であったためだ。

このことは、シンガポールで「Z艦隊在泊」という致命的な誤認が起きたことでもわかる。戦艦の有無程度のことでも分析には技術が必要なのだ。戦果確認なら、なおさらだ。

すでに高雄空によるフィリピン攻撃は行われており、第三次攻撃隊は規模も小さく、主たる任務は水偵の護衛にあった。

その結果、スービック基地の被害状況と、戦艦コロラドが本当に脱出したことが明らかになった。総合的な情報を分析すると、戦艦コロラドは一〇隻前後の駆逐艦と行動をともにしていると思われた。

さらに艦隊司令部からは、気になる情報がもたらされていた。

「輸送船テンペスト？　それが行方不明なのか」

大谷地司令官に対して通信参謀は情報を読み上げる。

「非公式のアメリカによる援蒋ルートとして、航空機を提供する任務についていた特務船と思われる。かねてより、艦隊司令部がその挙動を監視していたが、アメリカ船籍ゆえにその正体は確認できず。香港に入港予定の情報により、同港での臨検・接収を計画しつつも、現時点においてテンペストの所在は不明である。以上です」

「航空機とは、具体的になんなのだ？　水偵か陸上機か」

「援蒋ルートにて中国に提供とありますから、水上偵察機ではなく、陸上機ではないでしょうか」

「君の推測はいい、確実な情報を確認してくれ」

司令部に問い合わせると、返事はすぐに届いた。

輸送船テンペストは商船改造の航空機輸送船で、陸上機を運んでいる。

この情報は確かに間違いではなかったが、いくつもの重要な情報が欠落していた。

例えばタンカーは商船ではあるが、商船が常にタンカーとは限らない。この違いは司令部には小さなことかもしれないが、情報を受ける大谷地司令官にとっては、じつは重要な情報であった。

「陸上機を輸送していた……となれば、この船が敵部隊の索敵に用いられる恐れは、とりあえず考えなくともいいな」

「敵の索敵能力は、戦艦コロラドの艦載機のみということですか」

「そうなるが、三航戦の報告を信じるなら、艦爆により艦載機は破壊されているはずだ。敵部隊の索敵能力は高くない」

それでも大谷地司令官には、先任参謀の唱えた「探知機」の可能性が頭から離れなかった。

駆逐艦に艦載機はなく、戦艦の艦載機は破壊された。輸送船の艦載機は陸上機なので使えない。

なのに戦艦コロラドと駆逐艦群は、日本海軍の警戒を見事にすり抜けた。原理は不明だが、やはり敵艦隊にはなんらかの探知機があるとしか思えない。

大谷地司令官は八日の夜になると、第三航空戦隊に合流を命じ、空母部隊による未明の索敵を計画した。

昨日は、戦艦部隊の第一戦隊と第三戦隊の二つの部隊で戦艦コロラドを捜索し、会敵したどちらかの部隊が敵を撃破することを考えていた。

しかしそれは、探知機があるならあまり意味があるとは思えない。むしろ敵部隊が多数の駆逐艦を伴っている以上、自分たちが奇襲を受ける可能性さえある。

特に敵の探知機が夜間にも効力を持つのであれば、部隊を二つに分けるのは各個撃破の危険がある。

だから部隊の集合を命じたのだ。状況から敵はZ艦隊との合流を視野に、ボルネオから南シナ海のどこかにいる。

それも加味して部隊はボルネオに向かって南下し、未明に合流としたのである。

じつは両部隊の位置は予想以上に隔たっており、各個撃破を避けると言いつつも、合流に思わぬ時間がかかりそうという現実もあった。

ただ、合流に時間がかかることで、大谷地司令官は正体不明の探知機の存在を念頭に作戦を考えていた。

「小沢部隊には、現時点では協力は仰げないわけだな」

「Z艦隊の位置がわかったならばともかく、そうでない以上は、小沢部隊を南下させるのは危険との判断ですな」

この時、日本海軍の部隊は、北から近藤部隊、小沢部隊、大谷地部隊の三つが展開していた。

近藤部隊は早急な合流は期待できないため、Z艦隊や戦艦コロラドとの対応には、小沢部隊と大谷地部隊があたることになっていた。

ただ英米部隊が合流しようとしているというのは、連合艦隊敵信班の推測に過ぎず、探知機の存在も大谷地司令官の状況判断に過ぎない。

もっとも重要な「敵部隊の現在位置」に関しては、いまだにわかっていない。

だから、大谷地部隊も小沢部隊も、合流が望ましいと考えてはいたものの互いに動けない状況だった。

小沢司令長官としては、マレー半島に上陸した部隊に対する物資揚陸は終わっておらず、それらの船団の安全を確保する必要があった。

Z艦隊が戦艦コロラドとの合流を急いでおらず、船団攻撃を意図していたら、小沢部隊がここで不用意に南下した場合、マレー上陸作戦が重大な危険にさらされる可能性があった。

一方の大谷地部隊も、いまここで北上してしまった場合、戦艦コロラドを捕捉する機会を失う可能性が少なくない。

そのため両部隊は動けず、それは小沢も大谷地も理解していた。

このような状況であるならば、本来なら上級部隊である南方部隊の近藤信竹司令長官が、小沢・大谷地両部隊に対して、どのように動くべきか決断するのが筋である。

だが当の近藤信竹中将はといえば、どちらかへの合流を決断できないまま、様子見という判断を下していた。つまりは決断の先延ばしであった。

もちろん、Z艦隊や戦艦コロラドを個々の部隊が捕捉撃滅するという意図での現状維持という決断であれば、それはそれで筋が通る。だが、近藤長官の指示はそうした決断ではなく、先延ばしのための先延ばしでしかなかった。


一つには彼自身が、三航戦が戦艦を撃沈したという事実を理解しかねていることがある。そのため彼は、第一戦隊の戦艦二隻と三航戦を分離するかどうかというようなことで逡巡《しゅんじゅん》していた。

部隊を分離して打撃力を広く展開すれば、敵を捕捉する可能性が高くなる。

ただ一方で、海兵で習ったように部隊を分離すれば、各個撃破される可能性が高い。空母と敵部隊が接触すれば、三航戦が撃破されるのではないか。

このあたりは古い海軍軍人である近藤信竹中将が、航空戦を理解していないところに起因するのだが、ともかく命令としては現状維持ということになった。

近藤長官にとっての幸運は、小沢司令長官も大谷地司令官も、その命令を「先延ばし」ではなく「現状維持」と理解したことだ。

個々の部隊が敵艦隊を各個撃破する。それはそれで筋が通っているので、二人とも疑問を覚えなかった。

空母を持たない小沢司令長官にしても仏印の航空隊が使えるから、航空戦力はゼロではない。

ただ仏印方面の天候の関係で、陸攻隊の稼働率はやや低い。しかし、それが致命的な問題となる状況でもなかった。

一方の三航戦は、天候の問題はそれほどでもなかったが、別の問題を抱えていた。補給の問題である。

三次にわたる攻撃。特に第二次攻撃隊は、戦艦コロラドを仕留めるという目的もあって、雷装率が高かった。

だがこれは迎撃隊の登場で、撃墜される機こそ少なかったものの、雷撃らしい雷撃も実行できないという不本意な結果となっていた。

なにしろ戦艦コロラドの姿がない。重巡洋艦ヒューストンも撃沈され、攻撃隊は大きめの船舶か駆逐艦に対して雷撃するよりなかった。むろん、それはそれで敵に対する打撃になったのだが。

日本軍がまったく気がつかなかった第二次攻撃隊の最大の戦果は、攻撃した倉庫が魚雷庫であり、米海軍は二〇〇本以上の魚雷を、この攻撃で失ったことだった。

こうして三航戦は、航空魚雷の大半を消費していた。残りは一〇本を切っている。しかも浅深度用魚雷のストック自体が日本海軍にはない。

そこで待機させていた輸送船から、空母扶桑と山城に対して爆弾が補給された。これも八〇〇キロ徹甲爆弾はごくわずかで、ほとんどが二五〇キロ爆弾である。洋上で船舶から補給できる爆弾といえば、これが限界だった。

相手が戦艦一隻なら補給の必要もなかったが、万が一にもZ艦隊との邂逅となれば、手持ちの爆弾や魚雷では心許ない。困難でも補給は必要だった。

とは言え、二五〇キロ爆弾でも輸送船からの補給は容易ではなかった。灯火管制の関係で照明は最低限度である。

輸送船と言っているが、徴用されたからそう名乗っているだけで実態は貨物船だ。船のクレーンを使って爆弾を空母へ移動するのは神経を使う。

信管には安全装置をかませてあるとはいえ、爆発物には違いない。ただ一つだけよいところをあげるなら、空母扶桑も山城も開放型格納庫であるため、舷側の扉を開ければ、そこから補給が可能な点だ。

これは輸送船と空母の乾舷の違いを考える時、大きな助けになった。

そうしている間に大谷地司令官には、翌朝の計画の骨子が固まりつつあった。

「敵は探知機で飛行機の接近を知ることができるとしてだ。遠隔地であるからには、機種の判別はできないと思われる。

具体的には、利根や筑摩の水偵も、扶桑や山城の艦載機も探知機では区別できまい」

「それでどうするのですか、司令官？」

先任参謀の白石には、司令官の考えが読めない。

「利根と筑摩の艦載機は総計一六機。それを一度、ボルネオ方面まで南下させ、そこから角度を持たせて北上させる。

当然、戦艦コロラドは現在位置より回避しようとする。水偵により戦艦がいない海域は絞られる」

「つまり、水偵を勢子《せこ》にして戦艦を追い込むと！」

「戦艦コロラドは、少なくともZ艦隊との合流を果たすまでは、可能な限り海戦を避けようとするはずだ。

我々が各個撃破できればよし。そうならなくとも、コロラドがZ艦隊に合流することは遅らせられるはずだ」

「早速、具体的な索敵計画を立ててみます」

「頼む」

3

大谷地司令官らの索敵計画は、実行前に再度の修正を迫られた。理由は潜水艦にあった。

当然の話ではあるが、戦艦コロラドやZ艦隊に関して、周辺に展開している潜水艦部隊にも命令が出されていた。

じつは潜水艦部隊には、この南方侵攻作戦においてはあまり明確な命令を出されていなかった。

警戒と偵察が主たる任務で、通商破壊戦などは命じられていない。それでもスービック基地やシンガポールの索敵線で配備についていた潜水艦なら、敵艦との遭遇はそれなりの可能性を持っていた。

しかし、フィリピン南部とかボルネオ島周辺の警戒を委ねられた潜水艦は、あまり活躍の機会がない。その索敵線は「敵がここにいないこと」を確認するためのようなものだ。

ある海域に敵影が見られないというのは、それはそれで重要な情報である。

そう、それは確かに重要な情報だ。しかし、その任務についている当事者としては、承服しがたい任務でもあった。

なにしろほかの潜水艦が、敵艦隊と相まみえるかもしれないという時に、自分たちは戦域外から指をくわえて見ていなければならないからだ。

第一八潜水戦隊の属する乙型潜水艦である伊号第五四潜水艦の渡部潜水艦長も、その一人であった。

海大型の伊号第五四潜水艦が、実験のために特務艦籍に編入された関係で、空いた番号が乙型の新造艦に付与される。

そういう妙なことが行われたのは、日本海軍が潜水艦部隊の増強を意図したためで、海大型の特務艦籍編入も、乙型の命名も、そうした動きを悟られないためらしい。

ただ海大型が多い第一八潜水戦隊の中で、乙型は伊号第五四潜水艦だけ。本当なら、シンガポールかスービック基地周辺に展開されるべき潜水艦のはずではないか。

なのに編入部隊と戦闘序列の関係で、彼らはおよそ敵部隊がいそうにない海域に展開していた。

渡部潜水艦長の望みと言えば、オランダ海軍の巡洋艦でも通過してくれないか、そんなことばかりである。このあたりで有力軍艦と言えば、オランダ海軍の巡洋艦くらいしかないからだ。

しかしながら、確率的にもそれはないだろう。そのことも渡部潜水艦長はわかっている。

でも、納得しがたい自分がいる。将来、子供や孫に今日のことを尋ねられた時、なんて答える？

「お爺ちゃんは南方作戦に参加したけれど、敵艦は一隻もこないまま､無為に過ごしていたんだよ」

そんな返事はしたくない。

状況に変化が見られたのは、ある命令が第六艦隊司令部より第一八潜水戦隊経由で下された時だ。

「敵艦隊を捜索しろというのか、しかも英米両国の」

命令によると、イギリスのZ艦隊か戦艦コロラドのどちらか、あるいは両方がボルネオ沖から南シナ海のどこかで策動中であるらしい。

いささか雲をつかむような話ではあるが、その領域ならば、自分たちにも可能性はある。なによりも第一八潜水戦隊で、乙型潜水艦は自分たちだけだ。つまり、水偵搭載の潜水艦は自分らだけということである。

「水偵を出す」

渡部潜水艦長の決断は早かった。乙型潜水艦には零式小型水上機という組み立て式の水上偵察機が搭載されている。

日本海軍の甲型や乙型潜水艦は、こうした艦載の小型水上機で周辺海域を飛行し、索敵を行うようになっていた。

これは、敵船団を発見するためというような用途ではなく、艦隊決戦のための偵察能力として装備されたものである。

海外の潜水艦で試験的なものを除けば、日本海軍潜水艦ほど偵察機の搭載に固執した潜水艦はない。それもこれも、日本海軍において潜水艦とは艦隊決戦のために存在していたからである。

だから渡部潜水艦長やほかの乗員たちには、この命令は違和感なく受け止められた。

これから起ころうとしていることは、要するに艦隊戦のための索敵行動であり、それはまさに乙型潜水艦に期待された役割にほかならない。

浮上中の潜水艦の格納庫が開き、飛行機が取り出される。慣れていれば、一五分で飛行機の組立は完了する。

伊号第五四潜水艦は、風上に向かって前進する。最大速力が出ると司令塔から発艦許可が下りる。

そしてカタパルトで推進用の火薬が燃焼し、水偵は空に出る。

双発の水偵は現在位置から東に向かい、それから北上し、南西に向かう。そうして扇形を描きながら索敵をする計画だった。

一回目の飛行は空振りだった。潜水艦に控えの搭乗員などおらず、少しの休憩の後に二度目の出撃が行われる。コースはもちろん一回目とは異なり、全般に北西側に移動していた。

「機長、本当に敵戦艦を発見できるんでしょうか」

その水偵では操縦が機長で、後部席の航法兼無線員が部下だった。

「できるかどうかはわからんが、遭遇しても不思議はない。敵戦艦がよほど不思議な行動をとらない限りはな」

「不思議って？」

「フィリピンの島影に潜むとか、そんな類のことだ。まぁ、あり得んがな」

偵察は多くの場合、命がけだ。迎撃機に返り討ちに遭う可能性も少なくない。ただ今回は、彼らも比較的気楽ではあった。

相手は逃げている戦艦一隻。駆逐艦がいるとしても、艦艇の対空火器でそうそう飛行機は撃墜されない。

もちろん攻撃機のように接近してくる奴は、相応に撃墜確率も高まるが、偵察機はそこまで接近しないのだ。

「爆撃しますか」

小型水偵には三〇キロ爆弾が二発積まれていた。対艦攻撃用としてはほとんど意味のない火力だろう。しかし、爆弾を搭載しているのなら、相手を爆撃しようという姿勢を示すことで敵を牽制することができる。

もちろんそれは現場の人間が、この爆弾に強いて意味を見いだそうという努力の結果による解釈だ。それを要求した側にしてみれば、さほど深い考えなどなく「敢闘精神」の具現化以上の意味はない。それが現場のもう一つの解釈である。

その上で航法員は「爆撃しますか」と尋ねてきた。機長としては、いささかその真意を測りかねる。

「三号の爆弾なんか投下して、どうするんだ？戦艦だぞ、相手は」

「まさか、戦艦になんか爆撃しませんよ。駆逐艦です。駆逐艦なら三号でけっこう深手を負いませんかね」

「敵艦隊の駆逐艦を爆撃して、敵部隊の行き足を遅らせようというのか」

「遅らせることができないとしても、足手まといを切り捨てて敵戦力が減少すれば、こちらには有利になりますよね」

「有利にはなるがな……」

いかな駆逐艦でも、三〇キロ爆弾程度で行き足が遅れるほどの深手を負うとは、機長には思えない。

ただ、確かに駆逐艦ならと考えている自分がいるのも確かだ。安全ピンは抜いているし、着艦時の事故を考えるなら、無為に投下することになる。それなら、たとえ駆逐艦でも敵部隊への攻撃はありかもしれない。

「状況次第だが、やってみるか」

4

「飛行機が接近中だと……」

航空機輸送船テンペストのカーチス中佐は、戦艦コロラドからの発光信号を読み取り、その内容にいささか驚いた。

戦艦コロラドのレーダーが、小型機の接近を察知したという。ただ方角はいささか奇妙だ。

その飛行機は、自分たちの現在位置より南に位置し、そこから北西方向に向かっているという。

だから、現在位置からその飛行機が自分たちの上空を通過することはない。しかし、自分たちが発見される公算は高い。

問題は、偵察機がどこから発進したかである。それはボルネオ島の沿岸といってもいいような海域だ。

自分たち自身が、敵を避けるためにボルネオ島寄りの針路をとっているのだから、そこよりもさらに南の海域というのは、いささか信じがたい位置関係だ。

オランダ海軍の駆逐艦は植民地統治の関係から、排水量二〇〇〇トン未満にもかかわらず、艦載機を運用できる。

当初はそれかとも思われたが、太平洋艦隊司令部が先に送ってきた情報を信じるなら、オランダ海軍の偵察機ではない。

そしてコロラドのレーダーによると、捕捉されたのは明らかに小型機。陸上基地から発進する大型機ではなく、艦載機だ。

つまり、この水偵が日本海軍のものだとしたら、発見した場所には、少なくとも軽巡洋艦以上の大型軍艦がいる。

「私だ。Ｆ４Ｆ戦闘機一機を至急、発艦準備！　命令あり次第、一〇秒で発艦できるようにせよ」

とりあえず、搭乗員たちに命じる。じっさいの発艦は戦艦コロラドからの命令待ちだが、自分らに出撃命令が出るのは当然のことだ。だから先読みで準備する。

そして命令が出た。敵機を撃墜せよ。

すぐにカーチス中佐は動く。

「出撃せよ！」

標的機は一直線で飛行している。なのでパイロットには、その旨を伝える。あとは彼の自由裁量で攻撃せよ。

無線で的確に指示を出して誘導したいところだが、レーダーを除いて現在は準無線封鎖状態だ。

レーダーだって電波は出すが、極超短波を傍受するのは容易ではないから、レーダを使うメリットとデメリットの比較で、レーダーだけは使われている。

じっさい、彼らがここまで敵襲に遭わずに来られたのは、単にレーダーがあればこそだ。このあたりは通常の通信で用いられる長波、中波、短波などとは異なる。

航空機輸送船テンペストの搭乗員は、「何か問題が起きた時」のために海軍籍を持っているが、「私人」の資格でカーチス中佐の命令にしたがっていた。

カーチス中佐自身、公的には個人事業主として貿易会社を運営する人間であり、部下たちも社員ではなく傭人に過ぎない。

『テンペスト』に登場するプロスペローの台詞ではないが、カーチス中佐の貿易会社は「夢と同じ物で作られて」いた。平和が眠りにつけば、たちまちにしてそんなダミー会社は消え去ってしまうのだ。

ただ、なにしろ夢のような会社である。公的に海軍の庇護《ひご》がないのは間違いない。だから皮肉なことに、搭乗員たちは自力で生き残らねばならず、実戦経験は豊富だ。

時に「飛行機の輸送中に戦闘に巻き込まれ、身を守るために仕方なく」戦闘に参加することもあった。

彼らが実際に戦ったのは、日本海軍機ではなく陸軍機が中心だったが、それでも実戦経験を身につけたのは間違いない。ただし、生還したメンバーは。

カーチス中佐は、すでに部下の二割を「航空機輸送中の事故」で失っていた。それだけに古参のパイロットたちは、実戦では狡猾《こうかつ》だった。

零戦相手に撃墜されたふりをして逃げ切った猛者《もさ》もいる。逃げるのは卑怯ではない。逃げ切ったなら勝負は勝ち。それがカーチス中佐らの戦い方だ。

この時のパイロットも、そんな古参の一人だ。一〇人で始めた仕事はすでに古参八人に減り、八人が新人だ。

彼は敵の針路と自分らの位置関係から、攻撃戦術を考える。戦術は単純だ。敵の上方に占位し、後方から銃撃をかける。後方からなら相対速度差も小さく、銃撃のための時間も稼げる。

それに索敵中の偵察機は下方視界に目が向いて、上方確認は疎《おろそ》かになりがちだ。

日本海軍機の偵察機は、彼の知見では高度一万フィート（じっさいは日本海軍の飛行機は三〇〇〇メートルで飛んでいるが、どちらも切れのよい数字で解釈してしまうのだ）で飛んでいる。

だから、それより高高度を確保すれば問題はないだろう。おおむね一五〇〇フィート（ざっと五〇〇メートルほど）上空でいいだろう。

彼は接触コースもイメージし、Ｆ４Ｆ戦闘機を操った。

5

敵駆逐艦を襲撃する。零式小型水上機の機長と航法員は、それを決めた瞬間から偵察のやり方も、いつもとは違ってきた。

周辺海域の雲量が少ないこともあるのだが、高度をいつもより上昇させることにしたのだ。

つまり、通常の三〇〇〇メートルから四〇〇〇メートルに。これだけでも人によっては低酸素の影響を受けることがあるが、この二人はこの程度のことで任務に支障が出ることはなかった。

彼らが高度を上げたのは、敵駆逐艦を爆撃するためだ。爆弾の威力は高度が上がるほど大きい。だから高度を上げる。単純な理屈である。

とは言え、無闇には上昇できず、そもそも主たる任務は索敵であり、そういうことを考えて四〇〇〇メートルというところで妥協する。

爆撃、爆撃というが、小型水偵でできる爆撃には限界がある。そもそも偵察機であって爆撃機ではないのだ。

水平爆撃が一番簡単ではあるが、命中精度はあまり期待できない。三〇キロ爆弾二発が両方命中して、その上で敵駆逐艦をどうにかできるかという話なのだ。

さりとて、急降下爆撃などできはしない。しかし、緩降下爆撃ならどうか？　戦技として、そうした方法も訓練は受けている。

零式小型水偵で可能な、もっとも効果的な対艦攻撃となると緩降下爆撃となろう。それで最大の威力を爆弾に与えるために、彼らは高度を上げたのだ。

気分はもう爆撃機であり、自分たちはここまでやる気があるのに、敵艦隊が現れないなど信じられない。それほどの気分だ。

そして、それは現れた。

「機長！　あれを！」

6

「そのまま直進で一分後に接触」

戦艦コロラド経由らしい無線電話は、最小限度の情報だけを伝えてきた。敵機が近いことは、敵艦が近いということで、無線電話の送信にも神経質になるのは十分わかる。

ともかくイギリス艦隊と合流しないことには、次の一手が打てない。各個に撃破されるのだけは、避けねばならない。

彼はコンパスと時計に神経を向けつつ、下方視界への注意を怠らない。

可能なら、敵機が緊急電を打つ暇もないままに撃墜を行いたい。それがあるから、Ｆ４Ｆ戦闘機は単機で出撃したのだ。

艦載機が通信も送れないまま消息不明になれば、事故か攻撃かの区別もできず、そもそもどこで墜落したのかもわからない。

それだけでも数時間の貴重な時間を稼ぐことができる。うまくすれば、九日のうちに英米艦隊は合流できる。だからこそ、数時間という時間は貴重なのだ。

「時間だ！」

彼は周囲に目を向ける。レーダーによれば、自分の下方に日本軍機がいなければならない。いなければならないのだが、いない。

「あそこか！」

ちょうど下に薄い雲がある。おそらく敵機はその下だ。

Ｆ４Ｆ戦闘機はその雲に向かって降下し、慎重に雲を抜ける。ここで気取られては元も子もない。

「敵機は、後方」

短い無線通信が入る。

「後方だと！」

自分が敵機を追い抜いたというのか？　しかし後方を見ても、いま通過した雲があるだけで敵機の姿はない。


何が起きているのかわからなかった。ともかく彼は反転する。反転し、先ほどの雲を通過した時、彼は上空に黒点を認めた。

日本海軍の水上偵察機はＦ４Ｆ戦闘機よりも大きな機体と思っていたが、上空のそれは、ざっと三割は小さい。全幅でＦ４Ｆ戦闘機と同じくらいか。

なにより意外だったのは、敵機が予想よりも三〇〇〇フィートほど上空を飛んでいたことだ。つまり、自分は敵機の上空一五〇〇フィートを飛んでいる予定が、敵機のほうが一五〇〇フィート上だった。

敵機は確かに双フロートの水上機であった。そしてそれは、自分を認めたらしい。近くの雲の中に逃げ込む素振りを見せる。

「敵機は我の上空にあり！」

パイロットは、すぐにそのことを報告する。同時に素早く計算する。

この位置では、敵機は艦隊の姿を見ていない。雲の中であるし、それは間違いない。だから現時点で無線通信を打電されても艦隊の位置は通報されない。

問題は自分が攻撃を仕掛けたことを、敵がどう判断するかだ。

陸上機からの攻撃を、ボルネオ島からの飛行機と判断するのか、それとも空母か何かと判断するのか？

アジア艦隊にもZ艦隊にも、空母はいないことになっている。ならばボルネオ島と判断するかもしれない。

そうであれば、敵機が艦隊を発見する前に撃墜することが重要になる。艦隊を発見していないいまなら、まだ間に合う。

敵機は雲を抜けていた。F4F戦闘機が接近すると、後部の機銃で応戦した。しかし、機銃一丁では間合いが遠く、銃弾は命中しない。

敵機は複座だった。その後部席の人間が機銃を撃っている。つまり、いま無線機を操作する人間はいない。

F4F戦闘機隊はそれを確認すると、一気に間合いを詰め、敵偵察機に銃弾を撃ち込む。

もともと華奢《きゃしゃ》だったのか、敵機は主翼がちぎれ、そのまま錐もみするように墜落した。

7

「敵機は短時間ですが、通信を送っています」

通信科の報告に、カーチス中佐は顎《あご》を撫でる。

F4F戦闘機隊が奇襲に失敗し、敵機は襲撃されたことを報告したらしい。

水偵であるからには、巡洋艦より大きな軍艦が比較的近海にいるのだろう。あるいは複数の可能性もある。巡洋艦が単独行動することはあまり考えられないから。

そうなると、敵部隊は我々の現在位置に注意を向けるかもしれない。ボルネオから飛び立った飛行機と判断する可能性もなくはない。

しかし、そんな相手のミスに期待するような真似はできない。敵は我々に感づいたという前提で動くのが望ましいだろう。

もっとも、指揮官はリンゼイ大佐だ。戦艦コロラドがどう動くか、それによってテンペストの運命は変わる。

「通信長、コロラドが暗号電を打ったら教えてくれ」

もしもリンゼイ大佐も自分と同じことを考えたのならば、針路を変更し、あえてZ艦隊との邂逅時間を遅らせるだろう。

現在は最短時間のコースをとっているが、それは敵に読まれる公算が高い。下手をすれば邂逅前に両方が発見され、各個撃破されかねない。だからこそ、針路変更を行う必要がある。

果たして、通信長より報告が入る。

「戦艦コロラドが暗号電を送っています」

そしてリンゼイ大佐より、針路変更の命令がなされる。

「とりあえず、やるべきことをわきまえている人間が指揮官でなによりだ」

カーチス中佐は、そのことには安堵した。

8

「伊五四潜の位置は、ここ。艦載機はこの方向へ飛行し、ここで敵機に撃墜されました」

白石先任参謀の説明を聞きながらも、大谷地司令官は興奮を抑えられなかった。

どこにいるのかわからなかった敵部隊の動向が、いま明らかになったためだ。

「我々が推測する敵の探知機の能力からすれば、敵部隊はこのあたりか」

「それなのですが……」

「どうした、先任？」

「伊号の水偵が敵機に撃墜されたとして、それはどこから飛んできたのでしょうか」

「どこからって……」

そこで、大谷地司令官は気がついた。水偵の報告が正しいなら、敵機はＦ４Ｆ戦闘機であるらしい。つまり、水上機ではない。

「空母がいるというのか？　まさか」

ボルネオ島からの発艦は考えなかった。陸上基地からなら、普通に考えれば陸軍の戦闘機がやってくるはずで、海軍機というのはおかしい。

それに、ボルネオはオランダの植民地であってアメリカの植民地ではない。米軍機がいるはずがないのだ。

となると、F4F戦闘機は空母から発艦したことになる。だが、日本海軍が事前に調査した範囲で、米アジア艦隊には空母は所属していない。

「水偵の搭乗員が誤認したのではないか」

「そうかもしれませんが、陸軍のバッファローか何かと誤認するならまだしも、経験を積んだ搭乗員が水上機と陸上機を間違えるとも思えません」

「先任はなんだと思うのだね？」

「わかりません。空母ではないはずですが、あるいはカタパルトで射出し、着水して回収しているのかもしれません。イギリスには船団護衛のために、そうした方法があると聞いたことがあります」

「船団護衛か……あるいは我々が接触したのは、米艦隊ではなくZ艦隊なのか」

「可能性はあります。アメリカはイギリスに対して航空機の支援もしていると聞きます。F4F戦闘機隊があったとしても、それほど不思議ではないでしょう」

「Z艦隊の中に、そうした船団護衛を行ってきた貨物船の類があると」

本当にそうなのか？　大谷地も白石もあまり自信はない。だが手段はどうであれ、敵はF4F戦闘機隊を飛ばすことができる。それは考慮すべき要素の一つだ。

あるいは、Z艦隊がイギリスのアジア艦隊から空母を呼び寄せたことだって可能性としては否定できない。

「ともかく敵は予想以上に南下していた。我々も敵に向かわねばならん」

　こうして第一特別機動部隊は、敵部隊へと針路を変える。そして大谷地司令官は、ここで戦艦部隊と空母部隊を分離する。

　自分たちも三航戦も、どちらも敵部隊と渡り合える実力がある。ならば、ここで包囲網を広げるほうが得策だ。

　自分たちも三航戦も高速部隊であるから、いざとなれば、ここで展開したとしても再度合流して、攻撃を再開してもいい。

　こうして包囲網が展開された。

6章

ボルネオ沖海戦

1

「伊五四潜の偵察機が撃墜されてから、英米間で通信がなされたというのだな」

山本五十六連合艦隊司令長官は長門の作戦室で、敵信班よりその報告を受けた。

「はい。通信は機械式暗号であり、通信内容は不明ながらも、部隊の符号は戦艦コロラドの部隊とZ艦隊のものです」

「貴官を疑うわけではないが、それに間違いないな。わかると思うが、これは重要な点だからな」

「機械式暗号といえども、その解読方法は数学的に可能です。復号できない暗号では無意味ですので」

「まぁ、そうだな」

「乱数列を用いた暗号に関しては、すでに一九世紀のフランス人、ケルクホフが基本的な理論を完成させています。

もちろんそうは言っても、暗号文は手作業で解読するのは容易ではありません。理論的には世界の終わりが来るくらいの時間がかかります」

「しかし、部分的に解読できた?」

「英米間の連絡に詰めの甘さがあった結果です。

つまりは彼らのミスです」

「ミスというが、手順を間違えたら通信は成り立たないのではないのか」

「はい、そういう類のミスではありません。通常、電文の冒頭には意味のない文章を挿入するのが通例なのですが、そこで手を抜く人間がいるのです。一〇〇文字近くAを打つというように」

「軍人の勤務態度としては問題があるとは思うが、それがミスになるのか」

「機械式暗号は広義の換字式暗号です。ですから、例えばAは絶対にAには変換されません。BなりCなり、別の文字になる。

　ですから、受信した一〇〇文字に一つもAが含まれていないなら、それらはすべてAであることが推測されます。

機械式暗号機の構造は、基本的にどこの国も同じです。なので、すべてがAの文字列がどう変換されたかで、変換方式が推測できるわけです。

もちろん、一〇〇文字程度のミスで、すべてを解読するには時間がかかりますが、冒頭部分のミスから通信文の一部の解読が可能となるわけです」

「なるほど」

　正直、山本司令長官には暗号理論の数学的側面などわからないし、興味もあまりない。

ただ専門知識を持った部下に対して、あからさまに無関心な態度も取れない。いかな部下でもそれは礼を失する態度だろう。

　上に立つものだからこそ、下のものにも礼を尽くし、組織の規範を示さねばならぬ。

じっさい、敵信班の仕事は立派なものだと山本は思う。彼らの働きは目立たないが、それによって敵部隊は、いままさに窮地に置かれようとしているではないか。

「伊五四潜の水偵を撃墜したのは戦艦コロラドの部隊だというのは、間違いないのだな」

「間違いありません。水偵の通信があってから、コロラドが先に通信を送っています。状況から見て、戦艦コロラドの部隊が水偵を撃墜したと思われます」

「敵艦隊には空母があるのか」

山本五十六連合艦隊司令長官には、それが気になった。米艦隊がＦ４Ｆ戦闘機隊を飛ばすのはよいとしても、それをどこから飛ばしたのか？

「米太平洋艦隊の空母は、いずれもいまだ真珠湾に停泊中です。通信傍受でもフィリピンに空母はおりません。そもそも空母が配備されて我々が気がつかないはずがありません。空母がいたならば、三航戦もなんらかの形で反撃を受けたはずです」

「なるほど、ありがとう」

山本五十六連合艦隊司令長官は敵信班を部署に戻らせたが、空母の件だけは気になった。三航戦の第二次攻撃隊を迎え撃ったのは、いないはずの敵空母ではなかったか。

しかし、戦艦の所在を把握できて、空母は把握できないというのも信じがたい。Ｆ４Ｆ戦闘機隊を目撃したのは、撃墜された水偵の搭乗員たちであり、誤認の可能性も否定できない。

とは言え、不確実な状況証拠をいじくったところで建設的な情報は出てこない。自分がなすべきは、この不確実な状況から、いかにして適切な采配を振るうかだ。

「敵はどう動くと思う、首席参謀」

山本はあえて参謀長を外す。人間の好き嫌いが激しいのが彼の欠点だ。それは自覚しているが、嫌いなものは嫌いだ。

「英米艦隊は、我が軍の警戒が薄いボルネオ島方面に接近し、接触を図ろうとしていた。Z艦隊が出撃したであろう時間から逆算して、両艦隊の接触はそれほど先のことではなかった。

しかし、彼らは我々に発見されたことを知っている。艦隊は直接発見されないまでも、所在地は絞られた。

そうなると、彼らとしては接触直前に発見されるのがもっとも不利になる。各個撃破され、連携はできず、しかもどちらかが撃破された直後に発見され、攻撃される公算が高い」

「発見される前に合流する可能性もあるのではないか」

「ありますが、それにしたところで、打たれ強くなるに過ぎません。敵は航空兵力で我々に圧倒的に劣勢にある。ですから、合流したとしても我々に所在を知られることは不利になる。

逆に彼らが目指すべきは、戦力を統合しつつ、我々に発見されないように機動戦を展開し、艦隊との交戦を避けつつ、後方で交通遮断を行うこと。それに尽きます」

「ならば敵は針路を変更する。我々を攪乱《かくらん》すべく針路を変更して後日、意表を突く場所で邂逅するということか」

「英米艦隊がとり得る最善の策はほかにはありません」

いささか自信過剰の首席参謀の意見を吟味しつつ、山本司令長官は、すぐにそのことを特別第一機動部隊ほかの部隊に伝達した。

とりあえず小沢部隊が北から、大谷地部隊が南から包囲する方向で艦隊を動かすこととする。

ただ、山本五十六連合艦隊司令長官には、一つの疑念があった。理詰めで我々は行動を決めているが、それゆえに敵も自分たちの打つ手を読み解くのではないかと。

2

航空機輸送船テンペストにとって、その数時間は緊張の連続であった。戦艦コロラドがレーダーにて周辺を捜索しているとはいえ、艦艇にとって給油中はもっとも無防備な瞬間だ。

それでもテンペストは、駆逐艦群に燃料補給を行っていた。戦艦はまだしも燃料に余裕があり、経済速度を維持すれば、真珠湾まで自力で戻ることができる。しかし、駆逐艦はそうはいかない。

この先、どうなるかわからない。だからいま燃料補給の必要があった。

そうまでして航空機輸送船テンペストが補給を行うのは、彼らだけが先にZ艦隊と合流を果たすためだ。

二つの部隊の直接の話し合いにより、いますぐの両艦隊の邂逅は危険との結論に達していた。制空権はほぼ日本海軍にあり、針路も読まれているであろう状況では、邂逅を急ぐことは各個撃破される可能性が高くなる。

だから彼らは大胆な策を選択した。Z艦隊はボルネオ島に沿って南下を続け、ジャワ海を目指す。そこでテンペストより補給を受け、次の邂逅に備える。

コロラドはそのための陽動を行う。そして邂逅するや、日本軍の補給の寸断に努める。

航空機輸送船テンペストは蘭印で給油した後、部隊と邂逅して燃料補給にあずかる。それにより最終的に艦隊は、米太平洋艦隊主力と呼応する。

最後の米太平洋艦隊主力との呼応は希望的観測でしかないが、自分たちの存在が日本軍の南方侵攻を大きく遅らせることができるのは間違いない。

だからこそ、駆逐艦などに十分な補給を行っている。このシナリオで肝心なのは、自分たちがどこまで戦艦に対して航空支援が行えるかに尽きる。

戦艦コロラドもZ艦隊も、航空支援は期待できない。できるのは、テンペストだけだ。

幸か不幸か、自分たちは本来の定数よりも四機多くF4F戦闘機隊を搭載している。中国軍に売却するはずだった四機が載っているのだ。

だから航行中でも、戦艦コロラドやZ艦隊にエアカバーを提供することはできる。F4F戦闘機隊の航続力は、ざっと九〇〇マイル（一四四八キロ）であるから、滞在時間も計算すれば三〇〇マイル（四八二キロ）離れるまでは、戦艦上空にF4F戦闘機隊を張り付けられるだろう。

それがどの程度の意味を持つのかはわからない。可能な限り切れ目のないエアカバーを行おうとすれば、常時、四機は飛ばし続ける必要はあろう。それでも上空に滞在するのは、戦闘機一機か条件がよくて二機。

しかし、それだって偵察機の迎撃程度は可能だ。重要なのは、上空に戦闘機がゼロではないことだ。一機と二機の違いは数の違いに過ぎない。しかし、ゼロと一機は、数の違いではなく次元の違いだ。

駆逐艦への給油を終え、航空機輸送船テンペストは戦艦コロラドの部隊を後にし、Z艦隊へと急ぐ。

3

「これ以上の北上は無理だな」

戦艦コロラドのリンゼイ大佐はレーダー室からの報告を受けると、そう判断した。

レーダーが比較的大型の航空機が接近してきたことを伝えてきたのだ。それはどうやら仏印から飛び立った日本軍の偵察機らしい。

正直、彼は軍艦の艦載機ならいざ知らず、日本の陸上機が仏印からここまで飛行するなど信じられなかった。

マージンも込みで計算すれば、日本軍機は四〇〇〇キロ以上も飛行できることになる。そんな高性能機を日本軍が持つことが、まず信じられない。

仏印以外から飛行すれば距離はもっと短いだろうが、マレー半島から出撃できるとは思われず、現時点では仏印がいちばん近い。

あるいは飛行艇かもしれないが同じことだ。敵機がここまで進出している事実に違いはない。

幸いにも、敵機はそこで針路を九〇度変更し、戦艦コロラドからは離れて行った。索敵範囲の限界がそのあたりなのだろう。

つまり現在位置より北上すれば、確実に日本軍の航空機に発見される。

今回はたまたまレーダーのおかげと偶然で発見を免れたものの、これ以上は幸運には頼れない。

そうなると戦艦コロラドは再び南下し、Z艦隊との邂逅時間を変更する必要がある。正直、リンゼイ大佐にとって、日本軍の航空機の能力が、ここまで高性能であったことはまったくの誤算であった。

それは、Z艦隊との邂逅計画や邂逅後の作戦を根本から覆すほどの誤算だった。日本軍機の行動範囲がこれほど広範囲であるなら、Z艦隊と連動してのゲリラ戦など期待できない。

停泊中の戦艦メリーランドを撃沈したから、戦艦コロラドやZ艦隊の主力艦を撃沈できるとは限るまい。じっさいコロラドは被弾したが、ほぼ無傷だ。

しかし、水上艦艇の数は日本軍が勝り、潜水艦もある。発見されること自体が部隊を危険にさらさせる。

航空機輸送船テンペストが航空戦力としてあるにはあるが、空母の真似ができる輸送船であり、ゼロよりましだが十分ではない。

となれば、イギリス海軍の空母を呼び寄せるしか方法はないだろう。

彼らの空母があれば、日本軍相手にゲリラ戦が展開できる。そうなれば、敵の南方侵攻作戦は阻止できる。それさえ阻止できれば、戦争の結末は連合国の勝利で終わるだろう。それには、イギリス海軍とて異論はないはずだ。

ともかく、戦艦コロラドは当初予定したコースではなく、途中で再度南下するコースを選択した。そして、その旨をZ艦隊とテンペストに通知する。同じ文面をZ艦隊向けとテンペスト向けに異なる暗号で通知するのは手間ではあるが、どうせ機械なのだ。手間などわずかなものだ。

「レーダーがテンペストからの戦闘機を捉えました」

「よし、こちらの状況は正確に伝わっているようだな」

4

「航空機輸送船テンペスト、そんな船があるのか」

山本五十六連合艦隊司令長官は、息せき切って駆け込んできた敵信班の班長に尋ねた。そんな船がアジア艦隊の戦闘序列の中にあるなど、はじめて耳にした。

「最近になってフィリピンに配備された船です。軍艦籍ではなく商船扱いなので長官がご存じないのも無理ありません」

「それが、空母だというのか」

「もともとはタンカーです。それを改造し、航空機輸送専門の船に改造した。じつは陸軍から支那派遣艦隊司令部に照会があった船舶です。

商船となっていますが、これが国民党軍に対して戦闘機などを輸送し、支援していると、かねてより疑われていた船舶です。例のアメリカの義勇航空隊を支援しているのではないかという」

「商船となっているが、アメリカ政府が公然と中国軍を支援している証拠というわけか。まぁ、彼らは認めなかったがな。それが、テンペストか」

「そうです。フィリピンから中国に向け航行中の船舶であり、商船ということもあって、いままで探索の目から漏れていました」

「それが、戦艦コロラドと通信を行っていたわけだな」

「通信を行うからには、別行動をとっているものと思われます。ただテンペストにはカタパルトが装備されています。


いままで海上から発艦させ、中国国内の基地に着陸させるだけと考えられておりましたが、どうやら着艦も可能であったようです。かなり制約のある運用になると思われますが」

「それが伊号五四潜の水偵を撃墜したわけか」

「状況からすれば、そうなります」

「しかし、それも暗号電によるものだろう。たしかZ艦隊向けの暗号は、敵のミスで一部は解読できると聞いたが、コロラドとテンペストは米海軍の暗号なのではないか」

「じつは彼らは、どうも同じ文面をZ艦隊用とコロラド用に別々に送信したと思われます。ほとんど立て続けに送信が行われました。

Z艦隊との通信については乱数の一部がわかっています。通信が同一文とすれば、そこから米海軍相互の通信の一部が解読可能となります。あくまでも部分ですが」

「なるほど」

「テンペストはもとがタンカーで、どうも給油機能はいまも使えるようです。中国軍に燃料を提供できるようにでしょう。Z艦隊は状況からして、燃料補給が必要かもしれません」

「つまり、テンペストがコロラドと別行動なのは、燃料補給の関係でZ艦隊へ単独で向かっているためだというのか?

しかし、それなら英米両艦隊が邂逅を急げばいいだけではないのか」

「そうなのですが、あるいは伊号五四潜の水偵のことで、両艦隊の邂逅は危険と判断されたのかもしれません。どこか安全な海域で邂逅するために、双方は一旦離れているが、Z艦隊は燃料補給が必要であるという可能性も考えられます」

「想定が多すぎるな」

それが、山本五十六連合艦隊司令長官の率直な感想であった。確実な事実は戦艦コロラドが通信を送ったことで、テンペストの存在も追加してもいいだろうくらいのところだ。

Z艦隊への燃料補給云々は、明確な事実があるわけではない。だが、その推測を否定する材料もない。いや、そうでもないか。

「待てよ。仮にテンペストがZ艦隊に向けて移動していたとする。普通なら、Z艦隊かテンペストから、コロラドに通信が送られるのではないか?

つまり、邂逅できたということを。

なのに、すでに別行動をとっているであろうテンペストとZ艦隊に、何をコロラドは伝える必要がある？

発見されたとでもいうならわかるが、我々は発見していないのだ」

「それですが、気になる事実が」

「なんだ、また暗号か」

「直接的には暗号ではありません。我々は戦艦コロラドを発見できる直前だったかもしれないということです」

「なんだと！」

「仏印の航空隊に問い合わせたところ、ボルネオ島方面に向かっていた陸攻の一機が、針路変更をしてから、数分後に戦艦コロラドの通信が送られています」

「だが、発見してはいないのだろ？」

「はい。残念ながら。ただ、これを偶然と片付けるのはいかがなものでしょうか」

「探知機か……」

山本長官は、大谷地司令官から敵がそうした手段を有している可能性について報告を受けていた。

正直、そんな可能性を彼は考えてもいないし、信じてもいなかった。米海軍だから、探知機のようなものがあるだろうという発想は、欧米を過大評価しすぎと、山本には思われたからだ。

しかし、探知機のことなど何も知らない敵信班からも、それと付合する情報が届くとなれば、正体不明の探知機のことも信じるしかないようだ。

「戦艦コロラドは、我が軍の索敵機が指呼《しこ》の距離まで接近したために、それ以上の北上は諦めた。

だから針路変更を行ったが、それは計画にはなかった。だから計画の変更を、コロラドからテンペストとZ艦隊に告げた。そういうシナリオか」

山本五十六連合艦隊司令長官には、それがもっとも筋の通る解釈に思われた。

Z艦隊がどこにいるのかはわからない。だが、戦艦コロラドの居場所は絞られた。それはおおむね第一特別機動部隊とは、それほど離れていない海域だ。

「すぐに、彼らにこのことを伝えるんだ。早ければ今日中に決着がつくだろう」

だが、まさにその時、予想外の報告が届いた。

「伊号五四潜が、Z艦隊を捕捉した模様です！」

5

それより少し前。伊号第五四潜水艦は自身の判断により、搭載水偵が通信を絶った海域に向かっていた。索敵の命令が出ているためだが、渡部潜水艦長はすでに命令前に行動していた。

潜水艦が航行している間、渡部潜水艦長は自責の念を覚えていた。

敵艦隊の偵察というのは危険を伴う。それはわかっている。自分もわかっているし、搭乗員たちもわかっていたはずだ。

しかし、それでも戦闘機に撃墜されるとは思ってもいなかった。

そうした想定外も含めて危険な任務ではないか

と言われれば、それまでだ。だが、空母を伴うという情報はなく、そもそも本当にF4F戦闘機による撃墜かもわからない。

だが、そんなことは渡部潜水艦長にとっては、二の次の問題だった。命令であるし、自分の責任ではないとわかっていても、やはり気持ちがついていかない。

もう少し何かできたのではないかという思いは、どうしても残った。

冷静に考えるなら、潜水艦に小型水上機を載せるというやり方が、いまの戦争にあっているのかという問題である。しかし、そう考えても、いまの渡部潜水艦長には言い訳のように思えてしまうのだ。

いままでは想定でしかなかった部下の戦死、それがいま現実のものとなった。潜水艦という独特な世界で、部下の喪失は家族を失うような痛みを伴った。

だからこそ、彼は敵に一矢を報いたかった。そのため彼は哨戒長を降ろし、自身が司令塔にのぼり、敵を求める。

しかし、渡部潜水艦長にとって、この一二月九日という日は厄日であった。伝声管から機関長の報告が入る。

「潜艦長、主機の調子が変です」

「調子が変とは、どういうことか！」

この大事な時に主機の不調とは信じられない。だが、思い当たる節はある。

開戦が間近という時局もあって、伊号第五四潜水艦は工期を二ヶ月も前倒しされていた。本来なら竣工は来年だったのだ。

海軍艦艇でトン当たり単価は戦艦が一番安く、潜水艦が一番高い。二〇〇〇トン程度の船体に、水上のみならず水中でも起動できる各種の機構が収められているからだ。

だから工期の短縮は、大型水上艦艇とは同列には語れない。じっさい工期短縮のしわ寄せは出ていた。

まずバラストタンクに工具が忘れられているのか、ときどき船体を叩く音がする。しかも工具はどこかに挟まっていたらしく、音がし始めたのは戦闘配置についてからだった。

訓練のため最大深度まで潜って浮上したら、タンク内で何かが外れる音がして、以後、思い出したようにぶつかる音がする。

これは現場で解決できる問題ではなく、潜水母艦でも手の施しようがないため、解決はドック入りするまでお預けだ。

深刻な問題は、もう一つあった。電気系統の配線にミスがあるらしく、ハッチなどの開閉を示す電球が一部で逆に点灯するのだ。

仕方がないので、配線が逆の電球だけは、紙切れが貼り付けてある。そのほか細かい不都合はいくつもあった。

ただどれも致命傷とも言いがたく、乗員の注意でなんとかなると言えば、なんとかなるものであった。それとて緊急時には思わぬミスにつながりかねない。

ただ、その修理を行うために――海軍工廠によると修理には三ヶ月かかるらしく、なんのための工期短縮かわからない——使える伊号潜水艦一隻を戦場に配置できないのは、艦隊司令部からも問題と思われたらしい。

乗員が注意するだけで、潜水艦一隻が増えるなら、注意して出撃させる。司令部の考えはそうだった。

乗員の不注意で潜水艦一隻が失われるかもしれないという発想はなかったらしい。

ともかく、それが現在の伊号第五四潜水艦の状況だ。あるいは敵が来そうにないボルネオ島周辺に自分らを配置したのは、それを考慮してのことか？　いまさら確かめようはない。

だから機関長から主機の不調と言われた時、渡部潜水艦長は怒りと同時に諦観も感じていたのだった。

「主機が、どうも海水を吸ってしまったようです」

「海水を吸った？　吸気管からか」

「それがどうも、排気管から逆流した可能性があります。どうもポンプの調子がおかしいんです」

「全力は出せるのか」

「左舷の主機は大丈夫ですが、右舷の主機は安定しません。二〇ノットが限界でしょう。できれば原速が望ましいのですが」

「敵が近くにいるというのに、そうはいくまい」

渡部潜水艦長は断じた。主機の保全も重要だろう。しかし、それとて任務達成のための手段に過ぎない。

彼は機関長に限界まで速力を上げるように告げた。最悪、主機が故障しても左舷側の主機が動けばなんとかなると。

望み天に届く。見張り員が叫ぶ。

「右舷六〇度！　黒点あり！」

渡部潜水艦長は、すぐに一二センチ双眼望遠鏡をそちらに向けた。

「いたぞ！」

だが、それは意外な相手だった。彼は漠然と水偵を攻撃したのは戦艦コロラドの部隊と思っていた。Ｆ４Ｆ戦闘機隊は米海軍の戦闘機なのだから、それは不自然な解釈ではないはずだ。

しかし、双眼望遠鏡が捉えた艦船はイギリス国旗を掲げている。艦種は駆逐艦であろう。おおむねそれは西に向かっているようだったが、ならばその目的地はシンガポールなのか？

「敵駆逐艦を追尾する！」

Ｚ艦隊の駆逐艦は単縦陣で航行しているものと思われた。どうやら自分たちが接触したのは、単縦陣の殿《しんがり》の駆逐艦であるらしい。この距離では駆逐艦しか見えないが、その先に戦艦プリンス・オブ・ウェールズなどがいるのだろう。

渡部潜水艦長はこの時、攻撃を決心する。部下の仇を討つ。そんなことを考えたのだ。

無謀とは思わなかった。色々と小さなトラブルはあるにせよ、戦闘力は十分にある。伊号潜水艦の水雷戦力なら、戦艦プリンス・オブ・ウェールズであろうと撃破可能だ。

駆逐艦は燃料を節約するためだろうか、原速で航行していた。だから艦隊を追尾し、追い抜き、射撃位置に推移するのは容易《たやす》い。

しばらく追跡し、渡部潜水艦長はＺ艦隊が、どうやらシンガポールに向かっているらしいことを突き止めた。

渡部のデータから発令所の航海長が計算で求めたのだ。航海長は伝声管でそのことを司令塔の渡部潜水艦長に告げたのだ。

「しかし、潜艦長。いまさらシンガポールに戻る意味がわかりません。戦艦コロラドとの邂逅を諦めたとしても、シンガポールに戻るという選択肢は不自然に思えます」

「いや、敵艦隊はシンガポールに向かってなどいないのかもしれん」

「どういうことですか？　計算に間違いはないはずですが」

「そうじゃない。シンガポールの方向に向かっているのと、シンガポールに向かっているのとでは意味が違うということだ。

あの殿の駆逐艦は原速しか出ていない。燃料を節約しているからだとすれば、Z艦隊の艦艇は緊急に燃料補給が必要なはずだ」

「油槽船と邂逅するためにシンガポールに？」

「おそらくそうだろう。互いに最短時間での邂逅を目指すなら、こちらはシンガポールへと針路を向けるはずだ」

渡部潜水艦長は、この時点でもまだ報告を打電していなかった。より確実な情報を入手するためと自身に言い聞かせながらも、真意は別にある。

それは、自分が戦艦プリンス・オブ・ウェールズを撃沈すること。その目処が立ってから報告しても遅くはない。

渡部潜水艦長は、そこで伊号第五四潜水艦の速力をあげさせる。二〇ノット出せば、敵に先回りできるはずだった。

だが、速力をあげて五分としないうちに、司令塔の人間たちは黒煙と排気ガスの異臭を感じた。感じると同時にそれは止んだが、潜水艦の速力は半減した。

「機関長、どうした！」

「右舷の主機が停止しました。不完全燃焼から部品のどこかが焼き付いたのかもしれません！」

「修理にどれだけかかる！」

「工廠に戻らない限り、修理不能です」

機関長が言外に、それは警告したはずだと言っているのを、渡部潜水艦長は感じた。

主機一基では原速も難しいだろう。戦艦プリンス・オブ・ウェールズを雷撃どころか、艦隊の追躡さえ不可能だ。

「なんということだ！」

天を仰いでも仕方がない。すべては自分の判断が原因だ。

「通信長、敵艦隊発見を報告しろ！」

6

「ダミーかもしれないのだな？」

リンゼイ艦長はレーダー手に確認する。

「敵潜の可能性は否定できませんが、それにしては動きが不自然です」

「駆逐艦テネドスはレーダーには映っていたわけだ」

「そちらはイギリス艦隊からの連絡と合致しています」

「その駆逐艦テネドスの後方を追尾するような物体があり、それが速力を落として停止した、か」

「そうです」

「わかった、ありがとう」

リンゼイ艦長は電話機を置く。

「ダミーでしょうか」

「わからんな、副長。敵潜としたら、追跡し、先回りして雷撃するか何かするだろう。だがこの物体は追跡を断念したとしか思えない行動をとっている。見失なったとも思えん」

「何か電波の反射か、何かの異常とか？」

「かもしれん。だが、ここは敵潜と考えるほうが安全だろう。とりあえず、こいつからは離れることだ」

「連絡は？」

「Z艦隊へか？　いまはいいだろう。邂逅予定に遅れるならともかく、この程度の針路変更で大きな影響はあるまい。

あちらさんとて、帰還したテネドスを我々のレーダーが捉えたことを教えられても何も変わることはないはずだ」

こうして戦艦コロラドの部隊は、伊号第五四潜水艦の位置より離れる方向で、やや東寄りに針路を変更した。

7

「今度こそ、敵戦艦を仕留めるぞ」

第三航空戦隊の南郷司令官は気負っていた。停泊中の戦艦を航空機が撃破できることは、昨日のスービック基地奇襲で証明できた。

しかし、航行中の戦艦を航空機で撃沈できるのか？　その問題の証明は、戦艦コロラドの脱出で持ち越されてしまった。

だがその問題も、これから自分たちの出撃で証明できるだろう。

「司令官、第一次攻撃隊の雷装はどうします？」

先任参謀の質問に南郷司令官は即答する。その質問への回答は、ずっと考えていたものだ。

「手持ちの航空魚雷をすべて投入する」

「すべてですか？」

「すべてだ」

いままで自分たちは戦艦コロラドを追っていると思っていた。それは確かに間違ってはいなかったが、伊号潜水艦の報告により、自分たちはZ艦隊を先に発見した。

Z艦隊は戦艦と巡洋戦艦の二隻。ならば手持ちの航空魚雷のすべてを投入する価値がある。

Z艦隊を仕留めた後には、第一戦隊の戦艦もあり、八〇〇キロ徹甲爆弾も数は少ないが残っている。

ならばいまは、航空魚雷を惜しむ時ではない。

「雷撃隊中心の編成で行く。それと、念のため戦爆連合の攻撃針路は途中で変更するように」

「直線距離では進まないのですか」

「Z艦隊を仕留めたとしても、まだ戦艦コロラドが残っている。連中に自分らの正確な位置を読まれるようなことは避けたい。うまくすれば、今日中に英米艦隊に引導を渡せるかもしれんのだ」

こうして第三航空戦隊は、手持ちの航空魚雷をすべて投入し、Z艦隊へと第一次攻撃隊を出撃させる。その数は五〇機を超えていた。

8

戦艦コロラドと駆逐艦は、レーダーの報告を受けると輪形陣を組み、対空戦闘の総員配置の命令が下された。なぜなら、五〇機あまりの航空隊が捕捉されたためだ。

その報告は突然のものであった。レーダーがありながら、どうして自分たちが日本軍に位置を捕捉されたのか、それがわからない。

例の駆逐艦を追跡していたのが、よしんば潜水艦としても、位置的に自分らを発見できたとは思えない。もしも発見できていたら、自分たちに接近していただろうからだ。

しかし、理由の詮索は後だ。現実として、日本軍の航空隊が接近中だ。

数分後にレーダー室からの報告が、リンゼイ艦長を困惑させる。

「ずれている？」

「そうです。最初、レーダーに捕捉された時は、我々を攻撃するために接近しているものと思ったのですが……」

「違うのか」

「敵部隊は我々の針路上を斜めに横切っていく針路を示しています」

「斜めにか……」

リンゼイ艦長には、それですべてが理解できた。日本軍航空隊が向かったのは、自分たちではなく駆逐艦テネドスだ。

やはりあれは日本軍の潜水艦で、その艦長はあまり優秀ではないのだろう。単独行動の駆逐艦を艦隊の一部と誤認してしまったのだ。

敵部隊の規模を正確に確認するなど、海軍のＡＢＣみたいものだが、それができていない艦長だったのだろう。

だから日本海軍の空母部隊が、その誤認情報に踊らされた。

リンゼイ艦長は航海長に計算をさせる。

「我々の現在位置とレーダーが敵部隊を確認した方位、それと日本軍機の行動範囲を、そうだな六〇〇浬（おおむね三二〇〇キロ前後）と仮定したら、敵空母はどこにいる？」

「近いですね、我々の後方、八〇浬（約一五〇キロ）になります」

「航海長、そこに向かうための計算はできるか？敵は航空隊と同じ針路で、毎時一四ノットで航行しているとしてだ」

「できますが……攻撃するのですか」

「空母にうろつかれては邪魔だ。敵は航空隊を出したばかりだから、いまは反撃できる状況にはないはずだ。

こちらにはレーダーがある。敵が我々を発見する前に、こちらが先に敵を発見できるはずだ。航空機の出せない空母など、恐れるに足らん。なに、状況が不利ならば、接触しないだけのことだ。

それとテンペストに緊急電だ。上空警護のためのＦ４Ｆ戦闘機を出させろ。敵の直援機を始末する必要がある」

再び戦艦コロラドは針路を変更する。

9

「Ｆ４Ｆ戦闘機を全機、出せだと！」

カーチス中佐は、リンゼイ大佐からの命令に怒りを覚えた。

まず、その現在位置は彼らが把握しているものと大きく違っていた。だから交替のＦ４Ｆ戦闘機は戦艦コロラドと接触できず、燃料切れ寸前で帰還せざるを得なかったのだ。

戦艦コロラドは勝手に針路を変更し、それは自分たちに通知されなかった。通信科によると、Ｚ艦隊にも通知されていないらしい。

だからカーチス中佐は一度、Ｆ４Ｆ戦闘機すべてに帰還を命じた。これはリンゼイ艦長の「Ｚ艦隊へは通知しなくていい」という命令が、「通知しなくていい」とコロラドの通信科に解釈されたのが原因だが、リンゼイ艦長もカーチス中佐もこの小さな誤認を知らない。

「どうします？」

「命令は実行不能だ。そう伝えろ」

それは事実だった。航空機輸送船テンペストと戦艦コロラドの現在位置は、航空支援をするには離れすぎていた。

最初の針路変更を知っていれば、対処のしようもあったが、いま現在は不可能だ。

「俺には燃料切れなんぞで、パイロットを犬死にさせない責任があるんだ」

10

重巡洋艦利根と筑摩は、第一特別機動部隊が再び分離した時点でそれぞれの部隊に分かれていた。戦艦紀伊と尾張の第一戦隊には利根が付属していた。それらは敵部隊を求めて出撃していた。彼らは三航戦が出撃したことを知らない。

利根の水偵の一機が、索敵中に海水の色の違いを認めた。海水がかき乱され、密度の違いから色の違いのように見える。

そしてそれは、直線上に海面を伸びていた。一つではなく複数が。

「機長、あれを！」

「あぁ、かなり規模のでかい艦隊だ！」

水偵は航跡らしい変色域を前進し、そしてその先に一〇隻の駆逐艦と一隻の戦艦を認めた。

「一戦隊のこんな近くにいたとは……」

「いや、奴は一戦隊にまっすぐ向かってますよ」

「馬鹿な奴め」

戦艦コロラド発見は、すぐに打電された。

11

「戦艦コロラドは輪形陣を組みながら反転しました！」

通信科の報告に、大谷地司令官は敵の意図をこう解釈した。探知機を利用してこちらを察知し、奇襲をかけようとしていた。だが、その意図を利根の水偵が粉砕した。

「我々は戦艦コロラドよりも高速だ。敵部隊に追いつき、砲戦で決着をつける！」

戦艦紀伊と尾張は三〇ノットの速力で、戦艦コロラドへと向かっていった。

（次巻に続く）

RYU NOVELS

新生八八機動部隊

南シナ海の激闘

2015年12月25日　初版発行

著　者　林《はやし》　譲治《じょうじ》
発行人　佐藤有美
編集人　安達智晃
発行所　株式会社　経済界
〒105-0001 東京都港区虎ノ門 1-17-1
出版局　出版編集部☎03(3503)1213
出版営業部☎03(3503)1212
ISBN978-4-7667-3229-0
振替　00130-8-160266

印刷・製本／日経印刷株式会社

Printed in Japan

RYU NOVELS

鈍色の艨艟 1	遙 士伸
菊水の艦隊 1～3	羅門祐人
日布艦隊健在なり 1～3	羅門祐人 中岡潤一郎
大日本帝国最終決戦 1～5	高貫布士
絶対国防圏攻防戦 1～3	林 譲治
蒼空の覇者 1～3	遙 士伸
帝国海軍激戦譜 1～3	和泉祐司
合衆国本土血戦 1 2	吉田親司
皇国の覇戦 1～4	林 譲治
異史・第三次世界大戦 1～5	羅門祐人 中岡潤一郎
零の栄華 1～3	遙 士伸
列島大戦 1～11	羅門祐人
蒼海の帝国海軍 1～3	林 譲治
亜細亜の曙光 1～3	和泉祐司
大日本帝国欧州激戦 1～5	高貫布士
烈火戦線 1～3	林 譲治
激浪の覇戦 1 2	和泉祐司
帝国亜細亜大戦 1 2	高貫布士 高嶋規之
連合艦隊回天 1～3	林 譲治
興国大戦1944 1～3	和泉祐司